LA ROUTE
DE BULAWAYO

philippe
AQUIN

LA ROUTE
DE BULAWAYO

amÉrica

HURTUBISE
HMH

Données de catalogage avant publication (Canada)

Aquin, Philippe, 1958-

La route de Bulawayo
(América)

ISBN 2-89428-572-8

I. Titre. II. Collection : América (Montréal, Québec).

PS8551.Q86R68 2002 C843'.6 C2002-940420-7
PS9551.Q86R68 2002
PQ3919.2.A68R68 2002

Les Éditions Hurtubise HMH bénéficient du soutien financier des institutions suivantes pour leurs activités d'édition :

- Conseil des Arts du Canada
- Gouvernement du Canada par l'entremise du Programme d'aide au développement de l'industrie de l'édition (PADIÉ)
- Société de développement des entreprises culturelles au Québec (SODEC)
- Programme de crédit d'impôt pour l'édition de livres du gouvernement du Québec

Révision linguistique : Camille Deslauriers
Maquette de la couverture : Marc Roberge
Illustration de la couverture : Marc Séguin
Maquette intérieure et mise en page : Lucie Coulombe

Éditions Hurtubise HMH ltée
1815, avenue De Lorimier
Montréal (Québec) H2K 3W6
Tél. : (514) 523-1523 Téléc. : (514) 523-9969
edition.litteraire@hurtubisehmh.com

ISBN 2-89428-572-8

Dépôt légal : 2e trimestre 2002
Bibliothèque nationale du Québec
Bibliothèque nationale du Canada

Imprimé au Canada
www.hurtubisehmh.com

À Gemma, Jeanne
et Arnaud

Nombre d'oiseaux vont et viennent
sous les rayons du soleil
sans toujours annoncer les destinées.

Homère, L'Odyssée

CHAPITRE PREMIER

Kombolwe Mashiloane

— Je m'appelle Kombolwe Mashiloane, commence-t-elle par dire, en posant un petit sac de papier brun sur le comptoir. On a les produits demandés et d'autres qu'elle a ajoutés. C'est toujours ça de gagné, on a les médicaments. Sa pharmacie est plutôt modeste.

— Et je viens du village de Chipeni, de la tribu des Ungas.

Elle n'est pas grande, et plutôt abîmée que mignonne. Dans la jeune quarantaine, elle a des marques sous les yeux et une démarche boiteuse. Mais un regard qui étincelle. Celui des gens qu'un feu intérieur ronge. Elle engage la parole sur un rien. Verbomotrice, et pas seulement ! Elle brasse l'air d'une main lourde et alanguie, gesticule comme une diablesse dans un bénitier. Le blanc de ses yeux est rayé de veinules rouges. Ses joues ont la peau ravagée des habitants de la région. Le noir y est inégal, des tumeurs pigmentaires forment des taches plus foncées au centre de chacune des pommettes. Mais elle déborde de vie, pas de doute.

Et elle se répète.

— M'écoutez-vous ? Nous étions, à l'origine, des chasseurs d'hippopotames. Nous avons vécu ainsi pendant des millénaires, d'aussi loin que nos mères s'en rappellent. Notre ancêtre et Père à tous se nommait Kundalwelma et c'est à lui que je dois d'être née dans cette région du grand marécage. Au Nord du Pays. Honneur à toi Fundi Kunda !

Cet immense plan d'eau, chez nous, on l'appelle tout simplement le Grand Marais. Je n'en ai jamais connu les limites, ni au Nord ni au Sud. Mais je suis capable de nommer au moins vingt villages différents : Mufimba, Chali, Kasenga, Chanda, Mukungu et tous les autres et le lac Bangweulu à son extrémité. La plaine d'Itili, au sud, est parfois submergée sur au moins deux cents kilomètres carrés. Vous ne me croyez pas, Petits Blancs ?

Se tournant franchement vers nous deux, calme, la Kombolwe Mashiloane continue son cours d'histoire et de géographie :

— Vous, les Blancs, vous avez besoin de chiffres et de mesures. Yebo ! Vous qui croyez avoir inventé la poudre et les médicaments, sachez que cette terre est couverte d'un grand marécage. Un énorme plan d'eau de plus de deux mille kilomètres carrés.

Lisant l'incrédulité et la stupeur, habituelles il faut le dire, dans nos regards, elle nous relance :

— Je l'ai traversé uniquement dans sa largeur. On y retrouve des rivières et des canaux, des fleuves, parfois, qui coulent doucement vers la mer. En saison sèche, il était possible d'y cultiver des légumes et des racines, mais en juin, lorsque les pluies arrivaient, le niveau de l'eau montait de plusieurs mètres et recouvrait parfois les termitières les plus hautes, pour inonder jusqu'aux plus grands villages. Alors, on gagnait nos embarcations taillées dans le creux des arbres, et on ramait jusqu'au plus proche îlot de terre, parfois à plusieurs journées de pagaie.

Ses yeux regardent un instant par terre et, avec un brin de regret dans la voix, elle dit à messe basse :

— Mais les choses ont changé aujourd'hui.

Délicatement, on dépose le sac brun sur le comptoir. Et elle reprend son monologue.

— À l'époque des grandes pluies, il n'y avait plus de repères terrestres. Les hommes se fiaient aux chemins imaginaires inscrits dans leur mémoire. Chez nous, on ne se déplace que le jour. Les étoiles ne nous sont d'aucune utilité. Nous n'en maîtrisons pas les secrets. Leur pouvoir n'est pas le nôtre. C'est cela, mon pays. C'est un miracle si je suis devenue ce que je suis maintenant, c'est un miracle si je travaille ici, à Bulawayo, dans cette grande ville du Zimbabwe, et dans cette pharmacie. Dieu est bon. Alléluia !

Elle lève maintenant les yeux vers le plafond qu'elle ne voit déjà plus, cherchant le ciel, derrière, et lâche :

— Je le dois à mon père. Que Dieu, dans sa grande miséricorde, protège son âme.

Quelqu'un entre. C'est une cliente. Encore une mère de famille. Elle trimbale son poupon endormi dans une serviette de bain en coton décolorée qui lui entoure le dos et les seins. Le bambin doit peser au moins quinze kilos. Il dort à poings fermés, la bouche grande ouverte.

Kombolwe s'approche du comptoir, demande poliment à la femme ce qu'elle désire, va chercher les plantes en question, encaisse l'argent, lui remet le tout et attend patiemment, un grand sourire aux lèvres, que la cliente s'en aille avec son paquet. Kombolwe se retourne ensuite vers nous, toujours avec son sourire allumé, et reprend son histoire.

Tout à coup, la curiosité l'emporte sur notre incrédulité. Elle n'est plus pharmacienne ni herboriste : elle s'improvise professeur d'histoire et devient une sacrée conteuse. On reste encore un moment. J'ai toujours aimé les contes.

— Durant mon enfance, je n'étais qu'une petite fille rêveuse et naïve comme toutes les autres. Ma mère nous couvrait de caresses et d'amour. Quant à notre père, Dieu ait son âme… (elle soupire). Nous ne manquions de rien et nous mangions toujours à notre faim. Dans le Grand Marais, les poissons de toutes espèces abondaient. Et puis, nous pouvions compter, à l'occasion, sur quelques antilopes trop aventureuses. La chaleur et les coutumes nous permettaient de nous vêtir légèrement. Comme nous n'étions pas aussi croyants que les musulmans noirs des pays d'en haut, il n'y avait aucune obligation vestimentaire. Du moins pas à cette époque.

Je l'interromps, faisant l'intéressé :

— Alors, c'était le paradis sur terre ?

— Non. Tu n'as rien compris, Petit Blanc, répond-elle contrariée, impatiente de continuer son cours.

Je me plie de bonne grâce aux caprices de Kombolwe. Elle a raison. Je n'ai jamais rien compris aux sautes d'humeur de la gent féminine. Je ne dois être qu'une brute. Je marmonne alors quelque chose d'inintelligible, à la sonorité soumise et semblable à une vague excuse. Je rentre dans le rang.

— Petit Blanc, essaie d'imaginer : derrière cette apparente vie facile, il y avait la dure réalité de l'étang fétide, des maladies et des infections de tous genres qui nous tourmentaient.

Son regard s'assombrit, ses sourcils se froncent. Nous voilà plongés avec elle sur le versant squameux des maladies subtropicales.

— La nuit, le sol sur lequel nous dormions dégoulinait. On aurait dit un lit d'éponges imbibées d'eau brune. La rosée et l'humidité pénétraient par toutes les fentes de nos cases, par les toits, par les petites fenêtres, par la porte, par les craquelures dans le mortier. Les soirs de pluie, nous n'avions aucun répit. Des rigoles creusaient immédiatement leur chemin dans le sol. Le plancher de la hutte devenait un champ de boue. Nous élevions nos lits sur de petits monticules de terre, mais c'était peine perdue. L'eau ruisselait autour, pour finalement les gruger et s'en retourner vers les grandes eaux. C'était comme un chantier de construction. Yebo. Un chantier de boue.

Je ne vois pas très bien où nous mène cette petite grosse aux lèvres généreuses et si expressives, et dont les seins, de vrais flotteurs, percent la robe colorée.

— Inutile d'ajouter que les vers passaient au travers de nos nattes. Ces lits de fortune, tissés de roseaux, ne résistaient à rien ou presque. Les vers les traversaient comme un convoi de fourmis sur un terrain battu. Sur ces lits de nattes, tu comprends, Petit Blanc, il y avait nos peaux, douces et poreuses. Nous étions comblés en vivres, mais la mort s'acharnait sur nous sans relâche.

Un silence s'installe.

On mesure la distance qui sépare nos enfances respectives. Nours, un brave Breton d'un mètre quatre-vingt, cheveux noirs, regard doux et teint clair, a été bercé dans la douceur toute son enfance. On l'a gavé de sucreries, de crêpes et... d'instruction. Moi, j'ai grandi dans une propreté maladive et dans la gestion de projets. Je suis un Nord-Américain pur laine. Nours, un vrai fils de Français de France.

— Vous, les Blancs, qui aimez tant mesurer et parler avec des chiffres, sachez que la moitié de ma tribu — plus de 3000 personnes, incluant femmes et enfants —, a été emportée par les maléfices du Grand Marais.

Elle fait une pause, lève encore les yeux vers le ciel et garde le silence un court moment, puis poursuit :

— Aux premiers rangs de la faucheuse : les

attaques de malaria et les vers. Dieu nous protège dans sa grande mansuétude !

Je ne sais si Nours veut entendre la suite. Je me tourne vers lui et constate qu'il a le regard fixe. Dort-il les yeux ouverts ? Je n'en sais rien. Il doit être encore stone. Va savoir. Je n'en dis mot et j'accuse, stoïque, le choc du récit à venir.

— Sachez aussi que pour chaque enfant qui naissait, il y en avait deux qui mouraient affaiblis par ces parasites et autres némapodes qui pullulaient sur les monticules de terre humide. Sans oublier la bilharziose intestinale et vésicale. J'en suis presque immunisée maintenant.

— C'est quoi ce truc ? je lui demande, doucereux.

Cette fois-ci, la grande bavarde n'est pas offusquée de l'interruption. Elle prend un bouquin technique et lit péniblement le texte :

— ... On observe aussi une pollakiurie chronique et des douleurs sus-pubiennes, même en l'absence de surinfection. Ces surinfections, dues à divers germes, sont très fréquentes et majorent la pollakiurie et les douleurs. Localement, ces surinfections peuvent évoluer vers la nécrose ou la sclérose, mais peuvent aussi entraîner des complications en remontant vers le haut de l'appareil (pyélonéphrite, pyonéphrose et abcès du rein). L'ensemble de l'appareil rénal est le siège de graves complications de la sténose qui aboutissent à l'urétéro-hydronéphrose bilharzienne (atrophie du parenchyme à la suite de la dilatation progressive des conduits et du bassinet)...

Bon ! On est fixés : ça remonte vers le haut, c'est complexe, et certainement douloureux. Elle repose le livre sur l'étagère et poursuit.

— J'ai vécu plusieurs années avec cette saleté dans mes veines, jusqu'au jour où ces petits asticots blancs ont décidé de migrer vers mes pieds et de prendre l'air par une plaie que je m'étais faite à la cheville. Ces horribles vers allongés s'étaient logés dans mes organes. Dans mon pauvre corps. À l'occasion, je pissais du sang. Mais je n'étais pas la seule. Ce détail me réconfortait. J'endurais les malheurs de cette maladie du marais. Je ne voyais que le tunnel, pas de lumière. Mais Dieu m'a aidée.

Elle fait un signe de croix, discrètement.

— La bilharziose, cette cochonnerie de maladie !

Elle se reprend. Ses grosses lèvres remuent, comme si elle marmonnait une prière ou demandait pardon.

— Ces vers, ils ressortaient par n'importe quel orifice, pli ou interstice ! L'écœuranterie absolue ! Ils sortaient, après avoir affaibli leur hôte jusqu'à l'épuisement. J'en ai vu attaquer les commissures des lèvres, les narines, et même les yeux — c'est arrivé à mon frère. Maintenant que je connais les causes de ces maladies, maintenant que je les connais bien, que je maîtrise les secrets des médicaments et des élixirs de la vie, il est trop tard. Ma grande sœur et mes deux frères sont passés de l'autre côté. Morts dans le péché. Faibles et exsangues comme des têtards au bord du Grand Marais.

Elle s'arrête le temps de refaire un signe de

croix, sourit à pleines dents, et continue. L'horreur nous a déjà gagnés, Nours et moi. Assez de cette histoire que l'on a écoutée accroupis. On se lève et on s'apprête à partir. Quel bad trip !

Mais, d'un signe quasi maternel, elle nous prie de nous asseoir, nous, les Petits Blancs. On résiste du regard, elle insiste. On essaie de s'esquiver. En vain. Finalement, on s'accote sur la large plinthe, au pied du mur qui fait face au comptoir. Nours demande un verre d'eau et on le lui apporte aussitôt. Il avale un comprimé et s'appuie au mur.

— Connaissez-vous les attaques de scorbut, quand les gencives pourrissent et que les dents tombent ? On en meurt, vous savez ? Le scorbut a tué un grand nombre d'Ungas.

— Mmmhhh...

— Lorsque vos docteurs blancs sont venus pour nous aider et nous inventorier, c'est bien ça, nous inventorier, comme on recense une population de lapins. Ha ! Ha ! (elle rit sans retenue, on lui voit la luette)... Nous étions plus nombreux, mais la peur habitait notre esprit et nos cœurs. La peur.

Nouveau signe de croix pour demander pardon.

— C'étaient des infidèles, des animistes, je crois, enfin quelque chose dans le genre. Certainement pas des chrétiens comme moi.

Elle s'octroie une pause pendant que Nours prend une gorgée d'eau. Quand il repose son verre à ses pieds, Kombolwe poursuit d'une voix forte, la bouche largement ouverte, les mains tantôt en l'air, tantôt sur le comptoir.

— La plupart des Ungas pensaient, selon la légende du Ba Myala, qu'ils seraient tués et que leur sang allait servir à des fins de recherches médicales quelque part dans un pays situé au nord du Grand Marais. C'était la légende. Elle venait des paysans du Nord et des tribus avoisinantes du Sud : des Vendas et aussi des Bakololos et des Ndébélés.

Alors tous et toutes fuirent. Tous ! Ils fuirent ces bons docteurs. Tous, sans exception, toutes ces familles fuirent les médecins blancs. La nôtre aussi. C'était ce qu'il fallait faire. Les villages se vidaient et les gentils médecins s'en retournaient les mains pleines de médicaments, sans avoir pu aider ces malades qui en avaient tant besoin.

Elle se recueille brièvement, fait encore un signe de l'index, sourit à pleines dents et remet ça, *ad nauseam*.

— Chez notre pauvre peuple, la légende l'emportait sur la réalité. Heureusement, cela n'a duré qu'un temps. Alléluia ! Merci, Maître tout puissant. Nous fuyions ces Blancs, à leur approche, mais comme une vague de fond, ils revenaient sans cesse, sans s'annoncer, à n'importe quel moment de la journée, en n'importe quelle saison, les bons jours comme les mauvais. Tout cela était contraire à notre coutume.

Au début, j'entendais mon père nous dire, une fois ou deux dans l'année, qu'il avait vu un bateau à moteur. Imaginez-vous l'effet que cette révélation avait aux oreilles des enfants qui n'avaient jamais vu de leur vie un moteur ni une automobile, encore moins un Blanc. Je n'avais qu'une dizaine d'années, mes seins n'étaient pas plus gros que des billes et me faisaient mal.

Elle nous gratifie d'un rire d'écolière. Comme quoi, même avec un air si abîmé à quarante ans, le cœur reste toujours jeune.

— J'imaginais alors les Blancs comme des Noirs albinos, des curiosités de la nature fuyant à tout moment le soleil.

Là, elle s'esclaffe tout simplement. Sans aucune retenue. Quelque part, cela doit être drôle. Il faut croire qu'une fois de plus, je n'ai rien compris.

— Au fil du temps, les signalements, les rencontres et les évitements se répétaient à une fréquence de plus en plus élevée.

Pour Nours et moi, concevoir ce premier contact était quasi impossible. Il s'agissait d'une rencontre entre deux peuples issus de milieux diamétralement opposés. Il me faut dire aussi qu'on avait peu d'imagination historique, qu'on était sur le point de s'endormir, et malgré la souche commune ultra-lointaine de notre bagage génétique et malgré notre intérêt pour l'histoire, le temps commençait à devenir long.

Multiples signaux, bâillements, regards fixes, rien n'y faisait. Kombolwe Mashiloane continuait, nous ignorant, Nours et moi. On n'était que des spectateurs mis en filigrane, épinglés dans son récit. Comme des appliques murales oubliées dans la pièce centrale de sa vie.

— Lorsque j'avais plus de quinze ans, les pêcheurs ne parlaient que des bateaux qu'ils avaient vus, et, à l'occasion, ils rapportaient des objets usuels en fer : des harpons aux dents acérées, des crochets à la barbe redoutable, des couteaux aussi tranchants que les canines des jeunes crocodiles. On murmurait aussi des choses sur des projets. L'assèchement d'une partie du Grand Marais, le creusage d'un canal pour faciliter le passage des navires. Mes idées se précisaient sur l'apparence des Blancs, la texture de leur peau, leur pilosité, leurs habitudes alimentaires, si bien que je me sentais prête à absorber le choc d'une première rencontre. En mon for intérieur, je n'avais plus peur.

Silence. Des anges passent. Un voilier.

— Un certain jour d'automne, j'avais dix-sept ans, il y eut même eu un mini débarquement de Blancs au village. Ils venaient camper sur notre petit îlot sans préavis. Ils n'avaient pas l'air agressif. C'était des hommes. La méfiance et la légende l'emportèrent encore une fois. Nous nous précipitâmes vers nos canots et décampâmes sur-le-champ sans même apporter de vivres. Ils laissèrent des présents. C'était avant mon accident.

CHAPITRE II

Le plan du Nick's Café

— Tu veux la suite de l'histoire ?

Attends. Tu l'auras. Tu sauras tout de l'accident et du reste.

Le reste... Un vrai parcours de combattant. Mettons cartes sur table, c'est préférable. Un Québécois qui relate une histoire de Blancs en Afrique, ça ne passera pas facilement. C'est clair. Je ne me fais aucune illusion d'ailleurs. Je serai taxé de touriste, traité de « racialistic white boy » et ainsi de suite.

Et puis, autant te le dire carrément, je n'ai rien compris à l'Afrique ! Pourtant, l'Afrique, je l'ai bien arpentée avec Nours, mon vieux chum ! On est allés de Johannesburg à Bulawayo. De Bulawayo à Kazungula... On voulait voir l'océan Indien ! Aller vers l'ouest, mais par le nord ! On avait un plan. Un projet en forme de *drive*, qui s'est avéré davantage une dérive, si tu préfères.

J'entends encore souvent la voix de la mère Kombolwe. Même maintenant, dans ce bar de la rue

Saint-Denis où je viens tous les soirs depuis une semaine.

Mais je la stoppe, Kombolwe, la bavarde. Parce que, pour bien comprendre, tu dois savoir quelle route on a suivie pour arriver chez elle, à Bulawayo, au Zimbabwe.

Où ça ? Tiens ! je te fais un dessin, la carte de notre parcours. Mon histoire pourrait s'appeler « La route de Bulawayo ou du Zimbabwe ».

Je commence par le commencement, ce sera plus simple. C'est une histoire vraie. Je l'ai vécue, il y a plusieurs années et je l'ai gardée secrète. Seuls certains amis, maintenant perdus, la connaissent. Tous nos rêves sont restés sous les pierres des torrents et des rivières asséchés que nous avons foulés. Sont enfouis dans un continent infesté de maladies.

Tu veux connaître l'Afrique, mais je n'ai plus trop ma tête à moi ni l'esprit très clair… je vais quand même te raconter, à ma façon, cette terre de projets impossibles, ce continent d'échecs et de farces immondes.

Au fond, il ne m'en reste pas grand'chose. Des histoires comme celle de Kombolwe, des fragments, des anecdotes et une pierre taillée, un caillou vieux comme le monde que je conserve précieusement au fond de ma poche.

Pour moi, cette Afrique est maintenant une terre perdue, rendue aux confins de l'inaccessible, quadrillée par les satellites, mais hors du temps. Déconnectée.

En résumé, « It's a big fucking black out over there ! »

Peut-être aussi que je veux l'oublier, ce monde, qui continue de me hanter. Dans tous les bars, à tous les coins de rue, derrière toutes mes phrases, une fissure se fait qui devient bientôt immense. Un vide géant qui m'envahit la vie et le cœur. Autant te le dire tout de suite, je n'ai rien compris à l'Afrique.

Mais tu sauras tout ce qui me revient. Un peu chaque soir. Je ne le dirai qu'à toi, si curieuse. Parce que tu me rappelles quelqu'un d'autre à qui je pense souvent. Et puis une autre, qui était barmaid comme toi, à Johannesburg.

Je te préviens : mon récit de l'Afrique, ce n'est pas l'Afrique des cartes postales. Tu verras.

Tout a commencé par un mégaprojet entre mégacomplices. On avait un plan, Nours et moi. « Here's the story », comme on disait au *shebeen* (bar illégal).

Lorsqu'on arrive la nuit sur la rue Commissionner, au centre de Johannesburg, les lumières des rues n'éclairent plus qu'un pâté de maisons sur trois. Le couvre-feu est en vigueur. On ne rencontre que des sans-abri. Ils ont allumé de petits feux pour se réchauffer. Réunis en groupes dispersés, ils conduisent leurs tractations nocturnes. Ils gèlent. Sans le soleil, on dirait que la sécheresse de l'air amplifie le froid qui joue dans les os et les cartilages.

Les feux de circulation clignotent sans répit, toujours rouges. On les ignorent. Les automobilistes font à peine le stop, consigne des journaux. Les policiers ne patrouillent plus les rues, « there is no time for communications here ». Proactivité ? comme on dit en Amérique. Pour quoi faire ?

Nous rendre à notre lieu de rencontre favori, dans ce dédale de rues sombres et malsaines, faisait quand même partie de notre rituel. Un prérequis avant d'entamer notre conversation, aussi succincte fût-elle, sur le plan et son exécution.

On se retrouvait donc dans un lieu mal famé, au centre de Jo'bourg, le Nick's Café, une sorte de *shebeen* rebaptisé par nous « le bureau ». À cette époque, la ville avait déjà bien changé. Dans ce temple de l'or qu'avait été Jo'bourg, l'alcool coulait à flots. Et bien d'autres choses.

Je me revois dans ce dédale, évitant les vendeurs de hot dogs et de boerewors qui traînent autour. Parce que manger du cadavre, avant de boire et de parler du plan, est inconciliable. Je passe le portail, le clearing des objets métalliques. Devant moi, d'autres clients enregistrent leurs pièces, y joignant un papier d'identité chiffonné, d'un vert douteux. Ils griffonnent leur signature dans un petit livre couvert de taches collantes. Le corridor est long avant d'arriver aux tables. On peut y lire tous les graffitis habituels, du genre « Mick was here » ; « Keith aime sa sœur Morphine ». Je monte au deuxième, mais quelqu'un occupe ma table favorite. *Full stop*, je cherche Nours, du coin de l'œil je le vois se lever… Et m'apercevant, il se rassoit lourdement.

Salutations d'usage. Je m'assois à ses côtés et, ça y est, la séance est ouverte. Une musique industrielle du genre « space tribal » joue en toile de fond. Ce genre a tendance à se coincer quelque part dans mon canal auriculaire et provoque chez moi une réaction allergique violente. Ce qui me poussera à consommer une quantité excessive d'alcool — c'est à prévoir — et nous réviserons enfin le plan. L'esprit clair, l'œil alerte !

Le plan de conquête est planétaire. Il doit nous mener à traverser les océans, les fleuves et les chaînes de montagnes comme Hannibal et son armée d'éléphants. Rien de moins. On commencera sur une terre-fourmilière où tous les arbustes cachent une famille, une hutte ou un autre plan…

— Raconte, me dit Nours, en faisant signe à la serveuse afrikaner de venir à la table. Raconte-moi comment on va traverser la Zone et rejoindre l'océan.

— Dont know, Boet, lui dis-je, en levant les mains pour bien appuyer.

— En fait, je n'ai pas la moindre idée de l'ampleur de cette traversée. Et d'ailleurs, pourquoi essayer de rejoindre l'océan, c'est bien de l'océan Indien dont il parle ? Mes notions de géographie périphérique se limitent aux régions urbaines les plus peuplées, du côté d'Acton Vale et de Little Switzerland, quelque part dans le Drakensberg à la frontière du Kwazulu-Natal.

La serveuse s'approche de notre tablée.

— Wat wil jy drink, crache-t-elle, en décrochant un vieux torchon humide de sa ceinture.

Cette langue est universelle, sans aucun doute, puisqu'on la comprend. C'est la langue de la boisson, la langue des bars qui unit toutes les races humaines. Note bien qu'on fait partie de sous-espèces cousines. Mais bon ! On a les pesos, enfin les rands, pour payer notre consommation. C'est ce qui compte.

La table est bientôt prête à recevoir le kit nécessaire à toute bonne révision du plan, à la planification de sa mise en œuvre.

— Une bière, disons-nous en chœur et en français.

— Baie gut dankie, répond-elle, en détalant à la façon réformiste hollandaise.

Elle n'a rien dû comprendre ou si, elle a compris ce qu'il fallait. Qu'on était des touristes. Notre prononciation de « bière » nous a trahis. Heidi, là-bas elles s'appellent toutes Heidi, a tout compris.

L'endoctrinement de cette école de réformistes hollandais mériterait qu'on s'y attarde, puisqu'il établit une distance entre eux et Dieu, mais pas entre eux-mêmes. À Jo'bourg et dans la capitale du pays, à Prétoria, les adeptes de cette branche religieuse pratiquent leur foi avec force et vigueur.

Cela signifie aller à l'église à tous les dimanches. Quel que soit l'âge. Mais cela n'empêche personne, par ailleurs, de forniquer allègrement avec n'importe quel « dirty white guy » qui est « willing ». Ou d'embrasser tout ce qui bouge.

Et puis, de remercier Dieu pour le pacte scellé entre cette race qui est la leur et la terre qu'ils occupent ou qu'ils se sont vu donner. Enfin, celle qu'ils ont prise. C'est le « covenant », le convenu. C'est entendu.

Pourtant, on est songeurs, Nours et moi, sceptiques sur la foi de Heidi et sa capacité de faire abstraction de notre statut de touristes, alors que nous sommes des cathos purs et durs, unis dans le péché et le sort misérable qui nous attend à notre mort : enfer et damnation, mon doux, mon doux, mon doux Seigneur !

Il est clair que la descendance hollandaise se porte bien et que les gènes de ce stock mixte boero-germanique continue de donner des résultats heureux. Sans parler de l'apport des calvinistes des Cévennes ! Faudrait en glisser un mot au pape. C'est clair.

On la laisse repartir avec un petit air repenti, du genre : on s'excuse d'avoir pensé à ces choses-là en passant la commande — tout ce non-dit nous rend misérables, minuscules et ternes. La religion, c'est si bon. Vingt-quatre *Je vous salue Marie* et cinquante *Notre Père* avant demain matin. Et que ça presse !

Entre Nours et moi, la distance s'installe. Un espace tapageur. Qui nous gagne. Les minutes coulent doucement sans qu'on ait à se soucier de tester un quelconque protocole de communication. Ici, dans ces temps morts, le silence est d'or et la parole d'argent. Les coins de la salle commencent à prendre des couleurs mordorées, comme si le temps ou la bière anesthésiait les murs, les tables et les chaises.

Toutefois, les mots reviennent petit à petit crever la toile qui s'est tissée entre nous. Et Nours rebondit tout à coup sur son terrain favori : le comment mettre en marche ce mégaprojet. Redoutable, le Nours ! D'autant plus qu'il empoigne sa bière de la main gauche en commençant à parler.

— Alors t'imagines bien que traverser cette partie de l'Afrique sera compliqué. En fait, je ne vois pas comment… comment je pourrais compléter ma collection de coléoptères tout en marchant avec quarante kilos de conserves sur le dos et des ampoules crevées aux pieds.

— T'en fais pas mon pitou, que je réponds en vrai chef de projet, j'ai mon idée.

Il s'arrête un moment, songeur, adoptant cette pose bien connue du buveur de bière : le ventre jeté en avant, les coudes bien appuyés sur la table en formica, le regard fixe qui ne voit que le verre devant lui. C'est un tableau classique, éternellement reproduit sur les assiettes d'Estonie et de Biélorussie. Le portrait brut de l'épicurien cogitant le plan de sa vie dans un contexte donné.

— Que fais-tu des ampoules pustuleuses, des inflammations séreuses, de la marche forcée à travers les marécages infestés de sangsues ? C'est pas cool, jappe le Nours.

— Évidemment, ce ne sera pas une thalassothérapie. C'est vrai. L'objectif, c'est de réaliser le projet.

— Mmmhh, répond le Nours perplexe.

— Pense plutôt aux obstacles qui pourraient ruiner notre entreprise si on ne s'y attaque pas de bonne heure : traversées à pied ou à vélo, transports de vivres, financement, plan de secours, gestion des risques et management des imprévus, tout cela il faudra y voir. Mais j'ai déjà creusé tout ça, ça coulera de source, parole de scout !

— Oui, je vois.

— Et puis, on n'aura pas à traîner tout ce superflu, tout ce que nous conditionnent à posséder les supermarchés ou les magasins à grande surface du canton, de la province, de la métropole et de ce monde occidental — juste le strict nécessaire !

— Ouais, comme quoi...

— Tu vois, mon filet à coléoptères, mon nécessaire de bain, ma brosse à dents et ma carte de crédit, lui dis-je.

— Non, sans rire !

Je le fixe droit dans les yeux, calme, tentant de l'hypnotiser, de le rendre tranquille et secret, plat et froid comme un lac gelé à moins trente degrés Celsius.

Le silence s'installe à nouveau.

On finalisera les détails en cours de route, c'est normal. Le plan de développement, la description des travaux à réaliser, leur planification en tenant compte des risques encourus, toute cette mécanique restera à parfaire. Cela prendra des efforts et du temps. Mais du temps, ça, on en a.

Après ce silence bien arrosé, je relance l'idée des responsabilités qui lui incombent.

— Tu dois le savoir à l'avance, ton rôle dans ce projet sera fondamental, tu vois, et je cite : « le sous-directeur de projet est un membre de l'équipe du projet, soit le directeur fonctionnel d'une partie significative des ressources du projet, soit quelqu'un qui travaille étroitement avec ce même directeur ».

— Mmmmhhhhh, qu'il grogne.

— Bon ! En général, pour de petites tâches, en tant que directeur ou si tu préfères, maître d'œuvre, j'assumerai toutes les fonctions de gestion requises par le projet : la direction et la conduite.

— Mais notre projet est un grand projet.

— Tout à fait.

— Bon ! On est fixés, alors.

Un petit silence se love à nouveau dans notre microcosme enfumé.

— OK, on est quasi prêts, conclut-il.

Sur ce, Nours se lève et pousse encore un grognement, accompagné de gestes évocateurs, le tout signifiant qu'il veut aller aux toilettes.

Breton d'origine, Nours a vu sa famille s'établir à Trois-Rivières, pour des raisons de travail. Son père était un ouvrier spécialisé dans une scierie à Saint-Brieuc. Ils avaient connu et la misère et les belles années. Au Québec, ils ne fréquentaient pas trop leur milieu et caressaient l'espoir de revenir en douce France dès qu'ils auraient amassé assez d'argent. De nature débonnaire, Nours parlait peu, mais il était brave. Je savais que je pouvais compter sur lui.

Seul à notre table, laissé à moi-même comme une buse dans un champ de fin d'automne, je demeure perplexe. Je n'ai aucune idée de l'ampleur des privations, du froid, des frustrations et de la faim qui m'attendent. Je regarde tranquillement aux alentours pour occuper mon territoire, défendre mon bureau, le temps que Nours revienne.

Un constat : la faune est là bien intéressante. Elle regorge d'espèces non répertoriées dans les livres illustrés de John James Audubon et de Charles Linné. Il y en a pour tous les goûts. Johannesburg est une machine à produire toutes les combinaisons possibles de cas tordus. Et le *shebeen* du Nick's Café reste un endroit de choix pour les observer. C'est le dernier parc boerassique.

Déjà, on peut commencer par Heidi, notre serveuse. Son visage se lit comme une mappemonde et de ses yeux bleus tombe une lumière tiède, mais elle a toujours de belles jambes ! Et ce doit être un critère d'embauche dans ce type de métier — en plus de savoir reconnaître les dialectes.

Au bar, les gars se sont mis en rang et forment un régiment. Une sorte de régiment d'honneur, composé de bons buveurs. Et comme dit la chanson : au premier coup de canon, les verres et les flacons, au premier coup de fusil, la bouteille de whisky ! Le signal a été donné. Ils sont prêts pour la veillée. Une fois alignés au bar, ils sont déjà *sur la go*. C'est l'équipe habituelle. Ils vont *scorer* à leur manière. De temps à autre, il y en a un qui se lève et titube vers la véranda, armé de bouteilles vides qu'il va fracasser sur le ciment d'en bas. Puis, il urine là-dessus avec émotion. Pour enfin revenir vers le régiment, et continuer de boire.

Derrière moi, un couple d'amants branchés. Ils ne cessent de se passer les mains entre les cuisses l'un de l'autre. Dans la vingtaine, ils ont quelques années à faire dans la dentelle avant de s'adonner à la pédophilie ou à quelque mode désaxée de ce genre. Ou bien je me trompe : lui va subir son opération, car son amie préfère les amies et ça devient très compliqué tout ça.

Dans l'encoignure de la porte, un gros homme à lunettes de soleil surveille ce théâtre, pendant que son patron, un petit homme coké, est venu visiter l'autre petit patron avec sa valise chargée d'on ne veut pas savoir quoi. Le gros a-t-il vraiment besoin de ses lunettes de soleil ? Il est minuit ou presque. Peut-être n'a-t-il pas trouvé de meilleur endroit pour se cacher, aussi s'est-il réfugié sous le spot jouxtant la piste de danse, le long du mur qui fait face à l'entrée. De toute évidence, il ne distingue que des silhouettes. Il aurait dû en choisir une paire avec des verres un peu moins fumés… Ça ne fait plus rire personne. Il faudrait faire une recherche, c'est une espèce en voie de disparition.

Les violents, les refoulés et les autres cas spéciaux ont dû laisser l'artillerie lourde et semi-lourde au portier. Ils ont dûment enregistré tout ça, avec preuve de permis de port d'arme. Ça va de soi. Mais les permis, ça se fabrique aussi. On ne fait pas les choses à moitié dans ce *shebeen*, les criminels ont laissé leurs gros *guns* à la maison ou au portier, ils gardent juste le petit pistolet sur eux. Ils ont aussi la permission de sortir leur téléphone cellulaire au cas où le travail les appellerait. Évidemment.

On reconnaît aussi quelques représentants des nations et tribus locales de ce grand pays, Sothos du Nord, Xhosas et bien d'autres, habillés à l'occidentale — certains coiffés style rasta ; d'autres comme des chanteurs populaires des années Motown, le courant funk des années 70 ; d'autres guindés comme des londoniens.

Un groupe de sœurs zoulous martèle les couplets, à chaque nouvelle pièce de cette musique colorée, avec des éclats de rire et toutes sortes de « grenouillages ». Et grouillent encore dans les coins de cet endroit plusieurs autres spécimens encore non répertoriés dans mon abécédaire. « It's a big fucking safari in here. » Bienvenue au zoo d'Egoli : le *shebeen* bureau. Billets bon marché à l'entrée !

La soirée avance et la musique est devenue plus sourde, ça soulage un peu. Comme une chaîne de montagnes apparaissant à l'horizon au petit matin, après une nuit interminable au volant. On l'attendait, elle apparaît tout à coup. Ça repose.

Je jette un dernier regard sur ce monde de plus en plus embué, où toutes les variantes humaines et les sous-espèces s'agitent, comme dans un théâtre de marionnettes.

Plus l'alcool se mêle à la testostérone, plus j'éprouve une confiance inébranlable en moi. Le monde extérieur ne me fait plus peur — mais oui, maman, tu peux être fière, ton fils a maintenant confiance en lui grâce à ce merveilleux breuvage concocté il y a plusieurs millénaires par des moines visionnaires, « holy spook ! » Il faut dire qu'on oscille ici, tout de même, entre gentils et violents refoulés d'un monde binaire. Mais le plan marchera, j'en suis maintenant assuré.

Nours est revenu s'attabler… fidèle à lui-même, un tantinet plus assoiffé… La bière est gouleyante. Lourde et passive, elle attend, prête à se faire gober.

— Alors le plan de développement et la conduite de ce projet, tu y vois clair ? me demande-t-il.

— No sweat, Bro.

Il absorbe et continue, gestes lents, moustache de bière aux lèvres :

— Et la documentation sur la région, tu connais ?

— Oui. Suis en train de lire les récits de voyage du père Livingstone, c'est ce que j'ai trouvé de plus récent.

— You're kidding me, man, oh man ! Tu veux nous conduire au désastre ?

Quand Nours donne dans le « man, oh man ! » il faut l'attacher, le faire taire parce qu'il devient hors contrôle et se met à dire des choses sensées.

— C'est la publication la plus complète sur les difficultés qui nous attendent.

— Mais ça date d'au moins cent ans !

— T'occupes, c'est parfait, et surtout, c'est un guide pratique de navigation sur l'Ovarimbo, le fleuve frontalier avec la Tanzanie, le Zambèse et tout ce qui coule dans ces régions. Livingstone était un grand hydrologiste.

— Hydrographe. So what's the deal, me dit-il. On pagaye jusqu'à l'océan Indien avec nos conserves ?

— Non. Avec nos cannes à pêche.

— Ah, ouais ? demande-t-il, les gestes ravivés par sa dernière lampée de bière, l'esprit de plus en plus clair. Ce sera la pêche miraculeuse.

— Yebo.

— Et tu connais les espèces de poissons et les agrès, j'espère, surenchérit-il.

— Il faudra improviser un peu, composer avec la donne du moment. Je saurai identifier le tilapia. Les tilapias, vois-tu, se nourrissent de larves de moustiques. Et ce ne sont pas les mouches qui manqueront… On en trouvera un peu partout dans cette région.

— Je ne sais pas pêcher, avoue-t-il finalement, et je n'ai pas envie de perdre la moitié de mon poids en mode accéléré. Pas envie non plus d'un régime à base de sauterelles et d'hyménoptères.

— C'est facile, tu verras. J'ai déjà tout acheté. Ça s'apprend, c'est comme la bicyclette, lui dis-je pour le ramener à son état habituel de semi-éveil.

Il se calme un peu, ses mouvements deviennent plus bourrus, je retrouve le Nours habituel, le gentil plantigrade, le pachyderme toujours prêt à me suivre dans mes projets.

— C'est un plan original, conclut-il.

— C'est le plan.

On partira aux petites heures du matin.

En train.

CHAPITRE III

En train

Les trajets dans les trains sont toujours aussi pénibles mais plus abordables, pour nous, les perdus du lumpenprolétariat. Et, au moins, on ne peut se tromper sur la trajectoire et l'axe ferroviaire — à moins d'être vraiment givré et de descendre, par exemple, dans une de ces microgares campées en périphérie d'un complexe militaire, au milieu des étangs fétides de l'Okavango.

L'Okavango, c'est bien là où des opérations terroristes sont minutieusement préparées dans la pagaille la plus totale ? Je n'ai jamais été très fort en géographie. L'Okavango, c'est probablement pas sur notre trajectoire. Hé ! Ce sera la prochaine fois — en train évidemment.

En autant que l'on aille vers le nord, parce que c'est bien connu, c'est au Nord que ça se passe. De toute manière, j'aime les poules et les odeurs de ferme sur les vêtements des gens. « Smells like home ! » Vive la classe bétail et les promenades en train !

On est patients. Quelques dizaines d'heures d'arrêts-départs non répertoriés et inexplicables, qui ne figurent pas sur le dépliant Johannesburg — Bulawayo. Attentes interminables, rixettes et mots croisés insignifiants noircis sous des ciels bleus sans tache... et l'on passe du monde virtuel de la productivité, défini dans un espace clairement délimité, au monde de l'errance où tout n'est que temps perdu. J'ai dû manger trop de biscuits, sainte Pitoune !

Sans compter les jeux d'ombres. De temps à autre, la lumière du train en mouvement me renvoie le reflet de mon visage dans la vitre du compartiment. Mes yeux cernés brillent au soleil comme des billes décolorées. Et ce nez aquilin qui se détache du reste, énorme comme un corbeau, qui se démarque du vert de la frondaison. Vraiment, j'aurais dû la subir, l'opération !

Après Bulawayo ? On verra bien. On n'a pas pris le temps de se consulter sur le plan. Notre plan, c'est de nous rendre à Bulawayo. C'est ça le planning, maintenant. La conduite de ce projet se déroulera comme sur des rails. De toute manière, à Bulawayo, il y a un grand marché de plein air et on y trouve toutes sortes de mandats et de jobs divers. Et puis on mange tous les genres de légumes crus et cuits — et des locustes croustillantes apprêtées à toutes les sauces. De quoi se donner un programme étoffé et alimenter la suite de notre mégaprojet.

Pour en assurer le succès, il faudra surtout porter une grande attention au respect des jalons, ces revues de management, au cours desquelles les décisions seront prises en fonction de l'évaluation de livrables tangibles pour les utilisateurs et les décideurs. C'est entendu, on connaît tout ça !

Par exemple, Livingstone, c'est clair, nous sera d'une grande utilité pour assurer la mise en œuvre de notre projet grandiose. Et puis, quel enthousiasme ! Quel style !

1er mai 1866 — Nous traversons maintenant un pays relativement libre. C'est un plaisir d'embrasser du regard la scène environnante, alors qu'elle est presque entièrement couverte de grandes masses de feuillage, la plupart d'un vert sombre ; car ici, la plupart des arbres ont les feuilles de la teinte et de la nature de celles des lauriers.

Nos bagages se dandinent au-dessus de nos têtes. Armés de nos cannes à pêche, de plusieurs conserves et de quelques vêtements, le tout rangé rapidement dans des sacs de toile, on voyage l'esprit tranquille. Les hameçons ? De grosseur six à douze, spécialement adaptés pour la taille variable des tilapias. Selon Livingstone, les tilapias abondent dans les eaux au nord du Limpopo. Pour les conserves, j'ai l'impression que nous en avons pris pour toute l'Afrique. Quoi qu'il en soit, on est prêts. Je suis confiant qu'après l'hiver, d'ici quelques mois, il pleuvra à boire debout, et on ne saura où jeter nos lignes. Ce sera la multiplication des petits et gros poissons dans toutes les criques ! « God Bless ! » Et puis s'il le faut, on dira vingt cinq *Je vous salue Marie* et un *Notre Père*.

Le train, quand il crisse sur les rails, crisse à toute allure. Et là, ça décrisse en masse ! Le paysage, là-bas, derrière la fenêtre, se transforme petit à petit. La zone urbaine s'éclipse, les agglomérations rétrécissent.

Bye bye Jo'bourg. La ville, c'est bien connu, s'est construite en une nuit après qu'un dénommé Johannes y ait déterré une pépite d'or grosse comme un camion. Il a fait fortune, ainsi que Sammy Marks et plusieurs autres. Pour tout dire, c'est la version sud-africaine du *boomtown* californien. Les grandes familles blanches se sont alors imposées et ont pu financer leurs projets d'expropriation et d'industrialisation du pays au détriment d'une population majoritairement noire.

À part l'or, rien d'autre de distinctif, dans le Jo'bourg qui s'en va. Rien d'exceptionnel. Même pas un fleuve digne de ce nom. Étalée nonchalamment sur les terrains des hauts plateaux du Drakensberg, la région de Gauteng, feue la WitsWaterRand comme on l'appelait avant Nelson, offre au regard du passant d'aujourd'hui un paysage urbain vallonné à perte de vue.

Sans oublier ces terrines jaunes géantes, parsemées ici et là, entre les autoroutes et les banlieues, entre la savane et les *shanti-towns*, les bidonvilles. Ces pâtés monstrueux sont les vestiges des exploitations minières du siècle dernier. Les derniers témoins de la grandeur du passé aurifère de Jo'bourg. Plutôt encombrants, les témoins.

On ne voit plus rien dans la savane aux alentours de Jo'bourg, sauf des oiseaux. Les autres animaux ? On a tué le dernier lion sauvage de la région vers 1850. On a tout mangé.

Et il fait froid. Le nouvel arrivant ne se rend pas compte qu'il est en montagne. À plus de 1400 mètres, en fait. D'ailleurs, on gèle. Et il n'y a pas de raison pour que ça finisse. Cette zone des hauts plateaux couvre un territoire immense.

À plusieurs centaines de kilomètres de Gauteng, elle s'estompe finalement. Arrivés au Limpopo, ce fleuve qui démarque l'Afrique du Sud capitaliste et moderne de son voisin enclavé le Zimbabwe, nous ne sommes plus qu'à quelques centaines de mètres d'altitude. Entre les deux, quelques villes, plusieurs centaines de villages, la savane et diverses formations rocheuses dont celle du Waterberg.

Les autres régions de cet immense pays diffèrent en tous points les unes des autres. Il y a le Karoo, cette version titanesque semi-désertique du haut plateau qui commence au sud de Jo'bourg.

Puis, on passe les sables hostiles du Kalahari et les derniers villages de *Bushmans*, ces petits hommes si habilement exterminés par les colons.

Ensuite, le cap de Bonne-Espérance avec ses plantes toujours inclassables, ses montagnes qui ont l'air de tables de cuisine et sa population métissée. Il faudrait encore mentionner le Kwazulu-Natal, surpeuplé de Zoulous et d'Indiens, avec ses paysages verdoyants de campagne anglaise truffée de bananiers et de champs de canne à sucre. Il y a aussi le Transkei, où pousse le Transkei Gold. « The pot ». Tout y est, dans ce pays. La Totale, comme on se plaît à le dire en France. On n'en fait plus des pays comme ça, c'est clair !

Mais assez de géographie. Notre projet, notre plan à nous, c'est le Nord. Et en train, siouplaît ! Le reste, c'est-à-dire ce qu'il reste de La Totale, ce n'est pas pour nous. On est pas nés à genoux, pas assez pour faire les 3500 kilomètres qui mènent à Saint-Jacques-de-Compostelle.

10 septembre 1866 — Marché à travers une forêt ondulée où nous n'avions pour chemin qu'une piste d'animaux qu'il a fallu quitter lorsqu'elle a changé de direction. Nous sommes alors reposés sous un baobab où il y avait un nid de marabout — simple amas de bûchettes sur une branche. Les petits poussèrent des tcheuk tcheuk, *d'une voix forte, et les parents accoururent. Un souimanga à plastron et à gorge écarlate avait fait sa couvée sur une autre branche ; le nid était fait comme celui du tisserin, mais sans manchon. J'ai vu la mère récolter des insectes sur les feuilles et sur l'écorce de l'arbre ; l'espèce est donc à la fois insectivore et mellisuge. La récolte se faisait au vol, l'oiseau semblant posé sur ses ailes.*

Voilà plus de quatre heures que la locomotive diesel tire ses dix wagons à travers le plateau du Drakensberg. On ne peut pas dire que le train se tortille : son tracé est rectiligne. Mais ça crisse en masse ! Et à 50 km à l'heure, vitesse maximale au compteur, et avec tous ces arrêts inexpliqués, les voyageurs ont le temps d'étudier la savane arborée. Terne plaine. En ces mois de saison sèche, le naturel attend l'eau. Et puis, le haut plateau mérite bien son nom. On cherche en vain une aspérité, un monticule qui briserait la monotonie de l'horizon.

Plus nous progressons vers le Nord, plus les herbacées des collines et la géologie douce des hauts plateaux font place à de petites forêts sales, formées d'arbustes, de graminées et de buissons d'épines où, à l'occasion, s'élève un duo d'acacias parasol. Géants solitaires au milieu de cette racaille rocailleuse. L'herbe, entre ces patches plus foncées, est toujours grise. Décolorée, l'herbe, et le soleil : ardent. Il n'y a aucun nuage. Le ciel est bleu comme un fruit bleu.

Parfois, les arbrisseaux disparaissent et les acacias prennent le dessus. Les forêts de mopane aussi. Changement minime, mais tout de même. Cela change de l'austérité végétale des contrées sèches qu'on voit sur les sommets du Drakensberg, au sud de Jo'bourg. Plus notre train se dirige vers les contrées du nord, vers la chaleur équatoriale — à l'instar des oiseaux migratoires qui cherchent une aire de nidification plus hospitalière et moins heureuse — plus la savane arbustive arborée s'impose.

Nours ne cherche plus mon regard. D'un air absent et profondément bourru, quelque part dans le puits sans fond de sa boîte crânienne, il enregistre la bande qui défile. De nouveau, un vide s'est installé entre nous et entre les passagers, un petit vide qui nous enveloppe comme du coton ouaté tiède. Nours va s'endormir dans quelques minutes.

Mmabatho. Le train s'arrête. À partir de maintenant, les villes se noircissent d'un monde avec lequel nous partageons tout juste notre physiologie d'hominien, mais *that's it*. Le fossé culturel commence à se creuser. Je me sens de plus en plus mouton blanc parmi le troupeau des moutons noirs. Yebo. Mais c'est quand même nos frères, quelque part. « Tout le monde sont mes amis » pour paraphraser un cynique.

Nos voisins immédiats, par exemple, des Sud-Africains des mines de Kimberley. Vont-ils visiter leur famille rhodésienne coincée avec leur zimdollars ou interdits de séjour à l'étranger ? Ils descendent quelques instants prendre l'air. Non, ils se précipitent vers les autres wagons pour y rencontrer des amis de voyage, et descendent les marches vers le quai en criant des « How's it ? » à répétition. Ils remontent tout aussi bruyamment dans leur compartiment, un coke et la bouteille de brandy Klipdrift dans les mains.

Et puis, tout à coup les wagons sont bondés de Tswanas, nation qui peuple ces contrées. Ils sont vêtus de pantalons propres, de chemises multicolores, de souliers impeccablement cirés. Mais comment font-ils ? N'habitent-ils pas toujours des huttes ou des cabanes souvent sans électricité ? C'est un miracle. Alléluia ! Vingt-cinq génuflexions devant la Vierge Noire et Saint-Nicolas version black. Je l'ai vu, il existe. Et puis, mets ça à trente ! Que dirait le pasteur écossais ?

14 novembre 1866 — Puisse Celui qui est toute grâce et toute Vérité me faire participer à ses Dons. La grâce : douceur et bienveillance, empressement à être utile. La vérité : franchise, fidélité et honneur !

Encore un arrêt.

Un couple monte et s'installe à notre droite. Ils ne se touchent pas, mais si leurs yeux pouvaient parler… Vêtue à l'européenne, elle porte un petit fichu vert foncé sur la tête. Ses cheveux coupés courts sont coiffés proprement et séparés par une raie, au milieu de la tête. Hormis une verrue poilue dans le cou, sa peau est lisse et belle. Elle est plutôt mignonne dans ses rondeurs. Elle ne doit pas avoir plus de vingt-cinq ans, alors que son homme est bien campé dans les cinquante et quelques — ce qui signifie qu'il approche de la soixantaine. Il porte une chemise à manches courtes, assortie à celle de sa petite amie, vert clair avec petits motifs décoratifs. Ces lignes, enfin ces trois bandes jaunes aux bras, lui donnent la fière allure d'un amiral.

Terriblement attentionné envers elle, il n'arrête pas de se donner en spectacle. Les voisins se retournent en souriant. Extraverti au possible, à l'aise avec ses appendices comme un peintre en bâtiment avec son rouleau, il joue le grand rôle de la séduction, rôle bien connu des plus que quinquagénaires.

Ses histoires, mimées avec ampleur, se terminent toutes, sans exception, par un grand rire épidémique ! Subjuguée, sa jeune femme semble apprécier ses talents. Pour Nours et moi, tous ces déploiements d'énergie nous paraissent excessifs. Ça nous épuise. Les biscuits, il faut bien l'avouer, nous ont avachis.

Nous voilà dans une gare dont le nom m'échappe.

Ça ressemble à N'gobile ou N'godole. Le marché s'est installé immédiatement à côté de la gare. À proprement parler, la gare est devenue le marché. Ça grouille, ça vocifère, ça marchande âprement, comme le veut la tradition. Tailleurs, cuisiniers, coiffeurs exécutent les commandes, pendant que des clients, des familles attendent.

Par les interstices entre les toiles plastifiées, ou les cartons qui font office de cloisons, les marchands surveillent leur marchandise, étalée sur des nattes tantôt crasseuses, tantôt impeccables.

Récipients et écuelles de lait souvent douteux, boulettes de légumes séchés, radios-réveils, piments rouges, noix de cajou, barres de sel, lambeaux de viande noirâtres, corbeilles de graines. Et des mouches. Innombrables, les mouches.

Ailleurs, ce sont des cailloux taillés, ramassés dans les anciens tombeaux ou faux qu'on a copié sur les originaux, des gris-gris et des amulettes pour contrer les mauvais sorts, les morsures de serpent, les piqûres de scorpion, les maladies transmises sexuellement, pour reconquérir l'amour ou triompher d'un rival. Je n'en ai pas encore trouvé contre la jalousie. Je cherche toujours.

Ce sont encore des téléphones cellulaires, des étuis d'armes à feu, des pistolets en plastique, des tresses de cheveux destinées aux belles, des anneaux de cuivre, des boucles d'oreille plaquées or, des citrines et des émeraudes synthétiques. Des pommades, des onguents.

Des portions de millie pap, des beignets crasseux à la mode indienne, des sauterelles farcies, et de la viande nauséabonde qui chauffe au soleil. En prime, des *pimps* (maquereaux en breton) sont toujours là pour servir le voyageur glauque.

Ce bric-à-brac aux relents infects me soulève le cœur. Je ne sais plus où respirer quand s'y mêlent les odeurs du suint, de la sueur, de la fumée des motos. Sans compter celle des minibus pressés de transporter la clientèle.

Que vive l'économie de marché sans contraintes ! Et les voyages en train et la classe bétail ! Olé !

Le train est reparti. Il suit son inéluctable trajectoire. Un couple d'Occidentaux s'enguirlande autour d'une statue de lion, en bois d'ébène, achetée *in extremis*, alors que le train repartait. Probablement la seule vente de la journée pour le vieux marchand que j'ai vu. Un prix dérisoire. L'acheteuse, une Anglaise visiblement gâtée, boude son mari. Lui, perplexe, cherche par la fenêtre, où il pourrait bientôt balancer le bois d'ébène, la maudite aubaine. Il hésite.

Encore des écologistes aux prises avec un débat sur la déforestation.

12 décembre 1866 — Premier accès de fièvre et pas de médicaments.

Je sens mes yeux se fermer et les garde mi-clos. Le livre du docteur Livingstone est, il faut l'avouer, un peu assommant.

Le contrôleur se pointe. Je vois deux hommes devant moi. Il y a d'abord l'homme au ventre pneumatique qui révèle sa quarantaine. Lui affiche un sourire incandescent. Et puis, il y a l'uniforme de service, gras et gris souris, qui exige les billets.

Les secondes s'allongent. Je fouille dans ma poche de pantalon, j'en viens à les lui présenter, il s'apprête à poinçonner, mais soudainement nous demande nos papiers. Je ne comprends pas la manœuvre — il est tout souriant. Ils sont toujours souriants, d'ailleurs de plus en plus souriants, au fur et à mesure qu'on s'éloigne de cette mégaloville de Jo'bourg. Mais pourquoi les gens du Nord sourient-ils comme ça ? Est-ce une habitude ?

Et il en remet une couche. Le voilà illuminé d'un sourire condescendant. De quelle espèce d'infection peut-il s'agir ? « What the fuck is wrong with them' people ? I say ». Ce contrôleur arbore une dentition parfaite, intimidante, ce qui me froisse plutôt pas mal énormément. Et lui de remarquer que je suis mal à l'aise. Lui, ou plutôt sa composante humaine, lit bien dans mes yeux. Quelque chose se passe ici qui n'est pas répertorié dans son catalogue de comportements habituels. Et il constate — c'est clair, à l'éclat indicible de son œil de génisse — que Nours et moi, on est des moutons blancs bien laineux bien dodus, des moutons du Sud — mais il y a plus : on est fin prêts pour la tonte.

J'ai dû manger un peu trop de ces biscuits au Transkei Gold avant de partir, ça me donne parfois des crises hallucinatoires de paranoïa aiguë. Je vois toujours deux hommes distincts en face de moi. Bientôt, si ça continue, des cornes vont lui pousser sur la tête, et du poil brun foncé, d'une longueur de trente centimètres, va lui sortir de la chemise. Et je vais être pris d'un fou rire nerveux, incontrôlable — et puis je connais la suite, ça va se gâter.

J'ai beau me raisonner, c'est comme une vague sans fin qui reflue sur moi à chaque respiration. Entre deux secondes de raison la folie s'installe. Le masque se craquèle. Pourquoi lui remettre les papiers ?

Où en sommes-nous ? Plus je fais d'efforts pour m'assagir et me normaliser, plus mes yeux se révulsent. C'est pire qu'une crise de *delirium tremens — Holy Baloney !* Doux Jésus ! Saint Thomas mon aïeul ! Sainte Anne-de-la-Pocatière ! protégez-moi tous des habitants du placard.

« Quick, Quick please go get Doctor God ! » Voilà que je me tortille comme une chenille à la sortie de sa chrysalide, l'enveloppe est fendue, je suis à six pattes au milieu de l'allée, j'ai l'impression pure et simple d'être un sein gorgé de lait qui ne tient plus dans son alvéole. Le soutien-gorge va lâcher.

Ça y est. Je délire. Pas possible, ce doit être un cauchemar ferroviaire. Si ce n'en est pas un, mes yeux doivent être blancs comme de la laine, de l'ivoire injecté de sang. Les biscuits, ça me fait toujours ce petit effet secondaire. Je ne rigole pas encore. Le contrôleur, lui, plus du tout. Il s'est prudemment éloigné de moi de quelques mètres. Il observe. Je me mets à hurler à la lune et à pousser

des grognements, tout ça bien arrosé de bave et de pets sonores.

«I've lost it». Ça y est, un ticket pour l'asile, vite ! *Schnell !* Qu'on lui donne son bromure !

Une petite foule s'est discrètement rassemblée derrière le contrôleur. Je suis encore à quatre pattes quand Nours émerge brusquement de son sommeil et vient à mon aide. Me croyant menacé, il s'en prend au costume gris souris — et dans un accès de fureur, il se met à le ruer de coups. Le contrôleur, tant bien que mal, se dégage et le repousse vers la fenêtre. Une armée de passagers profite de ce revirement pour lui asséner à leur tour de violents coups, alors que moi, toujours à quatre pattes, je dois être en train de braire — le ridicule ne tue pas, disait ma mère. Tout cela se passe tellement vite. J'entrevois Nours tomber comme une masse derrière moi. Plus d'une dizaine de mains m'empoignent et me traînent vers la porte et tout ce beau monde me catapulte dehors. C'est là qu'on prend conscience à quel point un train, ça *fly*, même à cinquante kilomètres à l'heure.

Il faudra revoir le plan.

CHAPITRE IV

Au village de Precious

Il fait nuit. Je ne vois pas très bien où l'on est. Mais je m'éveille.

Du noir passe dans le noir, des nez se profilent et des gens toussent sans s'arrêter. À tour de rôle. C'est comme un jeu de société : on se passe le relais. Le relais du bacille imaginaire. Le bacille de la toux contagieuse. Enfin, je ne connais pas ce jeu ni ses règles. Il doit y avoir méprise… Non ! Ce n'est pas un jeu de société mais une représentation théâtrale, celle d'une troupe en tournée dans la région. Mes yeux piquent. Ça chatouille jusqu'au nez. Et ces toux arythmiques en *background…*, ça change de la musique du *shebeen*. Où suis-je ?

Comme un mort, je suis allongé sur une table en bois dur. Quelqu'un a dû me placer un appuie-tête sous les cervicales, pour pincer ces nerfs de la nuque et ramener mon corps au repos. J'essaie de faire un mouvement. Aie ! ma tête explose. Encore ce marteau sourd du train sur les rails et les traverses.

En plus, cet écho. Je le sens jusque dans mes tempes, ce marteau. Autant te dire, je me sens plus que minable.

Ç'a sûrement été tout un party. Je ne me rappelle que du sourire du contrôleur — ces Bantous sont tellement sympathiques ? Et ces fêtes ! Tellement éclatées qu'on ne se souvient plus de rien. Vraiment !

Nours est couché aussi, mais sur le sol. Il esquisse un faible sourire édenté. Fidèle compagnon, ami intrépide et frère de cœur qui partage mes projets et — le plan. Alors, où en est-on dans la conduite et la mise en œuvre du plan ?

« But, Snuggems, do I really care ? »

Pour en finir avec ces incertitudes je tente l'impossible. Parler. M'exprimer. Je veux aligner quelques mots, mais je n'arrive qu'à lâcher quelques grognements désarticulés. Finalement, j'y suis. Je parle. Enfin, j'articule. Comme Démosthène sur la mer, d'une voix bégayante, je vocifère mes états d'âme et ma douleur d'être. Mon discours est confus. Quelque rhétorique dans le genre « pourquoi cette souffrance ? », « et ces plaies ouvertes et ces ecchymoses de l'âme ».

— Toujours vaillante, l'âme.

Je délire aussi un peu sur les paramètres et la mise en œuvre de ce plan maudit. Vite ! Qu'on me donne ma potion de ciguë, qu'elle efface mes péchés et que je quitte ce purgatoire. Passeur, voici ta pièce. Amène-moi au pays des morts ou des vivants, mais sors-moi de cette chrysalide de douleur, que je me transforme en nécrophore ou en machaon. Au plus sacrant !

— Obélix ! Et la santé ? Nours ! réponds-moi !

— J'ai perdu la trace, qu'il me répond.

— La trace de... ?

— Le sentier, la trace. Dans quelle phase du projet qu'on est ? À quel jalon ? Je ne pourrais pas dire où je suis, ce n'est pas dans le plan je crois, arrive-t-il à japper.

— Du calme, mon pitou. Moi itou, je ne vois pas non plus où on est, j'ajoute, pour le rassurer, toujours aussi confus.

J'ai au moins la certitude, maintenant, que notre dernière activité au plan, celle de la présumée fête n'était pas dans le fractionnement prévu des tâches.

— C'était imprévisible ce qui nous est arrivé, halète-t-il.

— C'était imprévisible.

Il reprend son souffle comme un vieux chien à qui son maître a demandé un effort difficile. Mais il s'y est plié de bonne grâce. Par déférence et amitié.

— C'était pas planifiable, j'ajoute.

— On nous a brutalisés. C'est clair. C'est l'œuvre d'un sadique. Regarde un peu mes bleus. Et je ne vois pas à plus de trois mètres.

— Il n'y a rien à voir, je réponds. C'est un écran de fumée. Une même bande sonore qu'on nous passe et repasse. On est arrivés à destination : l'abattoir.

Je vois bien qu'il peine.

On a dû fêter pas mal pour s'être allongés tous les deux dans un endroit aussi enfumé. Mes paupières, gonflées comme de petites bouées, flottent sur leurs cornées. Il fait sombre. Quelque part, quelqu'un a dû nous oublier dans un fumoir à jambon ou à poisson, ou dans un appareil de ce type, avec une cassette qui rejoue sans cesse le même morceau. Celui du peloton de tousseurs de Poniavitskovski, un obscur percussionniste.

Un convoi de véhicules lourds chemine dans ma tête. Je regarde mes doigts noircis, mes ongles méconnaissables. J'en compte une dizaine juste dans la main droite. Je me dis que ça doit être l'effet des biscuits ou de cette fumée intoxiquante.

Un visage surgit de la pénombre. On nous sourit.

— Water ? demande-t-il en afrikaans ou en anglais, je ne sais plus, ça n'a pas d'importance. La voix est creuse, rocailleuse. Si on pouvait la colorier, cette voix, elle serait ocre, terreuse, avec une touche légèrement acide, disons un ph de 6,5.

Je réponds :

— Asseblief (s'il vous plaît, en afrikaans).

On a repris un peu connaissance. Nous ne sommes plus seuls avec nos sales gueules. De l'autre côté de cet écran de fumée, un homme nous a tendu la main.

On nous apporte une cruche d'eau dans une écuelle de plastique jaunie. On boit péniblement.

C'est si bon qu'on en redemande. Mes esprits me reviennent. L'eau doit avoir un effet catalytique quelconque sur la matière grise — je commence enfin à voir clair dans toute cette obscurité.

Je recompte les doigts de ma main droite. Ça va. Même Livingstone me revient à l'esprit.

27 décembre 1866 — Un chef très pauvre, n'ayant pas autre chose, m'a donné un pain de sel ; il y avait déjà quelque temps que nous étions privés de ce luxe.

Je clignote des yeux comme un rat. C'était donc ça ! Cette boucane satanique au parfum de bois dur me dope.

On est dans une hutte en terre battue avec un toit de chaume de forme conique. La paille a été rassemblée en petits faisceaux réguliers qui sont tous attachés sagement les uns aux autres — du vrai travail de professionnel. Le long des murs, plusieurs hommes sont assis et nous regardent sans broncher. Certains échangent quelques mots brefs.

Nours est étendu à terre, à mes côtés. Il est tellement gros qu'ils ne sont probablement pas arrivés à le soulever assez haut pour le coucher sur la table. Heureusement, on aurait été un peu à l'étroit. Dix points de plus pour nos hôtes. La fumée vient d'un petit feu de branchailles au milieu de la pièce ronde. Pas de fenêtres. Il fait chaud. On est bien, entre humains, mais tout de même, je me sens un peu abîmé.

Je me lève et retombe aussitôt sur mon grabat. La tête me tourne, je vois des étoiles et des araignées qui ont tissé une toile entre les rayons. J'ai peut être l'esprit clair, mais cela ne suffit pas à contrer ma fatigue. Ces nez et ces voix caverneuses dansent dans ma tête. Je retombe et sombre dans un profond sommeil.

Le lendemain, je présume, une lumière chaude éclaire le portail de la hutte et des dizaines de casseroles, de récipients et d'outils de cuisine suspendues au murs. Je ne sens pas encore les odeurs de toasts, de bacon et d'œufs au sirop d'érable, mais ça va venir. Nul doute. L'hospitalité est une vertu africaine. Et quand on est un mouton blanc accueilli parmi les moutons noirs, c'est le festin ! « I feel like a million bucks ! » De l'or en barre ! Surtout lorsqu'on est à peine capable de s'enfuir à quatre pattes.

Les demi-dieux que l'on est, Nours et moi, allons apporter de l'eau à la terre et de l'argent au foyer, enrayer le chômage, créer des emplois, démarrer des écoles de brousse, relever d'un coup d'épaule l'état déplorable de l'économie, et le reste ! C'est clair. Je me sens mieux, est-il besoin de le préciser ? Peu importe où se situe précisément ce hameau, c'est chez nous.

Nours est toujours allongé, immobile, sur sa parcelle de terre battue. On est seuls dans la hutte. Le bonheur, c'est probablement ça : être seul, allongé dans une hutte, à moitié cassé, à regarder un plafond de paille dégoulinant de suie. Seul et cassé peut-être, mais entouré de casseroles graisseuses et gonflé d'assurance, absolument persuadé que nos protecteurs nous vénèrent. Qu'ils nous adorent. Qu'ils nous idolâtrent. Décidément, ma tête a dû s'enfler d'au moins vingt centimètres ! Où est mon chapeau ?

Je me lève péniblement et passe la porte.

Le village paraît replié sur lui-même. Au flanc d'une colline, une dizaine de huttes se dressent en désordre. Des enfants m'aperçoivent. Ils m'encerclent en criant de joie. Que des vieux et des enfants dans les parages. Il fait bon. Dans l'air, on dirait un vent de printemps.

Oui ! Yebo !

Je tente quelques pas, quelques tours sur moi-même et clopine jusqu'à la hutte non sans arborer un sourire glorieux. Je suis à nouveau en campagne et c'est notre parti qui va les remporter, ces élections. Yebo ! Baba !

Le lunch arrive avec ces nouveaux amis qui travaillent sur les terres et rentrent pour faire la pause. Ici, dans le village, ils grattent un peu la rocaille et jettent une poignée de grains de maïs. Et cela pousse tant bien que mal quand vient la pluie. Ici et là, des vaches osseuses se promènent à la recherche de ce qui peut encore être mangé sans trop d'efforts. En m'apercevant, tout le monde me salue bien bas. Un vieux vient à ma rencontre. Dans ses mains, un poulet vivant qui n'aime décidément pas la manœuvre.

— How's it ?

— How's it ? que je réponds.

— Rain not here, reprend-il.

J'acquiesce sans hésiter :

— Nooo !

Pas besoin d'être une lumière pour se rendre compte qu'il n'a pas plu depuis plusieurs mois. Suffit de regarder nos bleus pour comprendre. La terre est croûtée comme des reliques de fondue au fromage au fond d'un caquelon, celles qu'on nomme « religieuses ».

Silence.

Le vieux m'observe. M'évalue respectueusement. Je l'observe, irrévérencieux, le dévisage tout en me frottant vigoureusement les narines. J'ai les ongles noircis par le voyage. Lui, un livre entre les mains, lunettes sur le nez, me sourit, tellement aimable. Il porte une chemise blanche passablement abîmée, mais propre. C'est le chef du village, qu'il dit. C'était lui, l'homme derrière l'écuelle d'eau. Il doit avoir une cinquantaine d'années, pas plus, et je lui imagine une multitude d'enfants et plusieurs femmes comme c'est la coutume en pays de négritude. Il est parcheminé comme une vieille carte routière. Le silence perdure.

Nours sort par l'encolure du portillon. Il a l'air d'un rôti de porc fumé. La truie est peut-être en lui, qui sait. Inutile de dire que je sens aussi fort que Nours. Des relents de saucisson au chou ou d'une quelconque recette vaudoise, mais personne n'est choqué. Tout le monde embaume, ici, et c'est aussi intense chez les uns que chez les autres. Le vieux a une haleine de vieux poisson — et du fromage entre les dents.

— How's it ? lance le vieux à Nours.

— How's it ? répond le Nours.

— No Rain, not here, ajoute le chef.

Un autre silence. Je pense que le plan est à revoir.

À compter d'aujourd'hui, les jalons ne seront plus les mêmes. Nous sommes entrés dans la pénombre africaine. Elle brille, même en plein soleil. Tout le monde est calme et détendu, comme au ralenti, en mode contemplatif. Il fait chaud, mais c'est l'hiver. Il y aura du poulet pour souper. Il faut laisser faire le temps. Le temps fait toujours le nécessaire.

Les jours s'égrènent et le soleil brille toujours aussi diaboliquement. La terre est un peu moins ronde qu'avant. On dirait qu'elle s'aplatit au fur et à mesure que la sécheresse fait son œuvre. À chaque jour, notre connaissance du monde se résorbe. Des monstres médiévaux, sortis des confins de la terre, vont bientôt apparaître derrière les buissons et gratter la paille des huttes. Et terroriser le village. L'enfer approche. Enfer et damnation. God bless my soul. Verbum omnipotentis patris. Here comes the Shokoloze, le Gremlin africain.

En quelques jours à peine, Nours et moi avons adopté ce village de huttes comme base. Nos visées planétaires ont été revues à la baisse. Maintenant, l'échelle municipale nous convient. Enfin, celle du hameau. Nos bleus ont viré au jaune. Nours boite encore légèrement. Moi, j'ai retrouvé des mains normales. Cinq doigts dans chacune d'elles. Mais je ne m'en sers plus, du moins pas comme avant. Ici, je n'ai pas vraiment besoin de maîtriser les systèmes binaire, hexadécimal et décimal. Je ne ressens plus aussi impérativement qu'avant le besoin de compter, d'analyser, de répertorier, de mesurer le progrès, l'avancement des jalons et le reste. Tout est devenu relatif.

31 décembre 1866 — Il arrive quelquefois que les lions entrent dans les cases en éventrant la couverture, ce que font aussi les éléphants : j'ai vu un toit qui en fournissait la preuve. La seule chance de salut, en pareil cas, pour les occupants de la hutte, est d'enfoncer une lance dans le ventre de la bête qui leur arrive de la sorte.

On attend la pluie. Nos activités se conjuguent au présent : le lever, le manger, la promenade avec les chiens et les enfants, la récolte des fruits secs qui pendouillent encore aux arbres, le repas du soir, le coucher.

Nours garde sa réserve habituelle. On se salue le matin, et il déguerpit. Mon gros pitou a remarqué une jeune fille et il lui fait la cour — ils font la paire, tous les deux. Elle s'est fait arracher les incisives du haut pour mieux satisfaire son homme — c'est la coutume et puisqu'il en est ainsi, c'est une coutume bien. Elle est jolie et mince, avec de petits yeux malicieux. La narine percée, une pierre au nez, son visage ne dégage qu'harmonie et joie de vivre. Elle s'appelle Precious.

Precious, ça fait un peu bonbon comme prénom, mais elle a, en effet, quelque chose d'un petit bijou. Et elle a un postérieur très rebondi. C'est là qu'elles emmagasinent de la nourriture en temps de sécheresse, disait un ethnologue sud-africain à propos de cette élasticité démesurée des cellules adipeuses des postérieurs féminins de la région — il appelait ça stéotagie ou quelque chose du genre. Son cul a l'air énorme pour sa taille et par rapport à la largeur des épaules. « A fine piece of ass », comme on dit chez les postiers ou les autres gens de lettres.

Le projet de se rendre à Bulawayo, à Lusaka ou à Nairobi nous turlupine de temps à autre. C'est un peu comme un de ces refrains d'un moment qui bourdonne à nos oreilles, mais qui, petit à petit, s'efface. À chaque jour, Bulawayo s'éloigne un peu plus de nous.

Ce projet de voyage, on l'évoque d'une manière passive, à la troisième personne. Comme dans une de ces langues mortes qui ne se parlent qu'à la maison et dont on se sert pour désigner des objets ignorés dans la langue de tous les jours. Un plan obsolète, voilà ce que pourrait bien être devenu notre projet.

1er janvier 1867 — Une quantité de belles jeunes filles, qui vivent sur les domaines du chef, sont venues me faire une visite, « afin de pouvoir dire plus tard à leurs enfants qu'elles m'ont vu ».

Un matin ensoleillé.

Comme à tous les jours, je me lève de bonne heure et sors de ma case pour respirer l'air frais. Nours et Precious m'aperçoivent. Silencieux, les tourtereaux viennent à ma rencontre. Precious toujours aussi radieuse, pleine d'entrain, sautille sur une jambe. Sans piper un mot, ils me prennent par la main et m'invitent à marcher avec eux vers la sortie du village. « On y va pied la route », comme disent les gens d'ici. Et c'est le cas de le dire, car aucun d'entre nous ne porte de chaussures. À peine quelques minutes plus tard, nous voici déjà éloignés du village. Precious nous mène. Elle s'arrête. Nous voilà plantés debout, en silence, les uns à côté des autres, dans un pâturage pentu, plein de bouses séchées.

Nours et Precious ont des yeux étincelants et gazouillent comme de petits enfants qui apprennent à parler et découvrent le monde. Il fait un temps magnifique, encore une fois. « The world is the playground », et ça commence par le champ d'à côté. Ils viennent ici pour me corrompre, me dis-je en moi-même. Encore un rite initiatique. Car les voilà qui se déshabillent.

Sainte Pitoune ! Ils rigolent, ils hurlent comme des bambins en poussant ces cris démesurés dont seuls les innocents sont capables — et les cochons, aussi. Des gestes d'hallucinosés. Aucune retenue, aucune mesure. Aucun esprit de séduction ne flotte pourtant dans l'air. Ils enlèvent tout. Ils posent les peaux sur des roches. Si elle avait commencé le bal à elle seule, j'aurais pensé que c'était une autre de ces coutumes locales, mais ça fait l'affaire des deux.

D'abord figé, je dégèle et je me laisse rapidement entraîner par leur gaieté. Et nous voilà soudain nus, tous les trois, au milieu d'un champ d'herbes folles à nous regarder et à rire comme des imbéciles — Faforo ! dit-elle (cela signifie « sexe de mon père » en africain, paraît-il). Faforo ! Sainte Pitoune !

Et Nours donne le signal. Il se met à courir. C'est la pagaille, on détale comme des lapins de garenne, explosés, élastiques. Et je cours, je cours ! Je les suis, je me faufile entre les pierres. Et nous voilà tous les trois rigolant et courant à la limite de nos poumons, de nos mollets et de nos jambes nouvellement retrouvées. Complètement soûlés par l'air frais du matin. Une bonne heure. Aucune parole. Aucun artifice. « Just a reality check. »

CHAPITRE V

En attendant la pluie

Je dors maintenant seul dans ma hutte. C'est la case des invités de passage, celle que nous occupions la première nuit, juste après nos déboires ferroviaires. De temps à autre, un de ces innombrables cousins d'un village voisin y dort également, mais qui suis-je pour faire valoir mes droits d'occupant ? Je ne commencerai pas à me battre pour une cabane de boue séchée avec un toit de paille, il y a des limites. Alors, je joue à l'hôte. Le grand jeu, les bonnes manières.

Nours, lui, a opté pour le concubinage et préfère la compagnie de Bijou à la mienne. Je ne pourrais le blâmer. Il joue à un autre jeu que le mien. Au fait, j'ai remarqué qu'elle a une particularité capillaire qui, je crois, est exclusive à cette population. Une toison noire, formée de poils pubiens, part de son nombril et descend jusqu'à l'aine. Avec son traitement dentaire et cette capillarité unique, il semble que la Precious dépasse ses concurrentes du village à la puissance 1000.

Que Nours trouve l'expérience exotique et jure de ne jamais revenir aux femmes de l'Occident chrétien ne m'étonne pas d'un poil. Il passe son temps à surfer sur son tapis magique. C'est épuisant pour tous nous autres cloués sur la terre, soumis à des contraintes gravitationnelles.

Le temps file au compte-gouttes. Cela doit bien faire quarante ou soixante jours que l'on est accrochés à cette pente sèche, où les lits sont en planches et le poulet disparu. Inutile d'ajouter qu'on les a presque tous mangés, les poulets. Notre régime quotidien se compose d'un peu de millie-meal, la version africaine de la polenta. Cette denrée s'achète dans une ville proche. Les femmes la cuisinent, le soir, dans des chaudrons de fonte en y ajoutant un peu d'eau et en brassant vigoureusement avec une spatule en bois, le tout avec force boucane et dans la joie la plus totale.

— Youpiyeah ! C'est le pied, encore du meallie ! Tout le monde en chœur : « Y a de la joie ». C'est ça. Tout le monde ensemble — ça y est, on est gâtés : du meallie pour souper ! Bravo ! Super !

Ça ne prend pas grand-chose pour nous égayer.

Si ça continue, à force d'adopter ce régime paysan, on va passer aux vrais délices locaux et, bientôt, se surprendre à manger goulûment des larves, en arborant le fameux grand sourire de la contrée. Triste perspective. Résister, il faut résister.

« We shall neverrr surrrrenderrr ». Car, il faut bien se le dire, en indécrottables Occidentaux que l'on est, la plupart du temps, on rêve quand même à tous ces mets fins — à commencer par la tartiflette vaudoise, la poutine râpée et les galettes bretonnes qui nous manquent énormément. Enfin, on rêve aussi à tout ce qu'on mangeait en ville, à Jo'bourg.

Nota bene : Inscrire ces denrées dans la prochaine version du plan, section fournitures, en caractères gras, Fonte Univers 24 : CORNETTES AU FROMAGE, POUTINE et GALETTES DE SAINT-BRIEUC. Un « must » pour la conduite du projet, et la suite.

5 janvier 1867 — On nous a vendu un peu d'éléphant, plus que faisandé. C'est très amer ; nous nous en servons néanmoins pour relever notre bouillie d'éleusine. Rien n'est perdu ; la peau se vend comme le reste. On n'y toucherait pas du bout des doigts si l'on avait autre chose ; mais, si affreuse que soit cette viande, on est heureux de pouvoir en obtenir.

Le plan. Qu'est-il advenu de notre plan ?

Nos expéditions pédestres et nos cavales nudistes se sont arrêtées au lit de la rivière asséchée qui sillonne la vallée. Il y coule par endroits quelques filets d'eau, mais sur presque toute la longo-largeur de ce lit sablo-rocailleux on ne retrouve que de maigres ruisselets épuisés qui cherchent de l'ombre. Au-delà de ce lit, règne le pays incertain. Le plan se contente de l'exploration des sentiers du voisinage. Autant dire que le plan est mort. Et sa conduite, aléatoire.

On attend la pluie.

Ce matin, je me balade seul. C'est l'activité au programme d'aujourd'hui, enfin, la seule qui reste à compléter, à ce que je sache. Promenade exploratoire. Un vent sec et froid souffle vers l'amont de la rivière — c'est la dernière bise avant le réveil du printemps.

Le printemps ? Parlons-en. Plus personne n'y croit, tellement dure et dure cet hiver sec. Le jour, les hommes et les femmes languissent dans leurs cases. Les animaux restent écrasés sous les arbres, la bouche ouverte. Ceux qui ont encore un peu de force marchent la tête basse, alourdie et somnolente, assommés qu'ils sont par ce beau temps immuable. La nuit, les hommes comme les bêtes se lovent sur eux-mêmes, blottis dans leur chaleur.

Je baguenaude. Où aller ? Qui voir ? Je me promène dans ce lit qui prend des allures de route de campagne. Je recherche l'ombre des acacias. En face de moi, un mur de sécheresse. Et derrière, encore un mur. Un vrai cachot que cet air. Mon univers, ce matin : le cachot sec et rocailleux du paysage.

Du soleil et encore du soleil ! D'autres pays paieraient cher pour en avoir autant. Moi, ça me laisse aux prises avec une voix intérieure. Comme dirait un junkie illustre : où en étais-je, avant d'être si rudement interrompu par une de mes nombreuses personnalités ? Ah oui ! Ça y est, j'y suis. Un monde sec et rocailleux. Je suis parti en balade. Voilà où j'en suis. La conduite du projet, cette affaire entre Nours et moi, ne m'intéresse plus vraiment. Victime d'auto-compassion et de photosensibilité. Ça y est. Je sens que je lâche prise. J'abandonne. Je me débranche.

Je ne me suis pas suggestionné. Et personne ne l'a fait non plus. Je suis bien, seul, dans ce lit de rocailles. C'est à cause du soleil, toute cette sensiblerie, je le jure. Mais suis-je bien sûr de ne pas m'être suggestionné ? Ma pensée est en miettes. « So help me God. »

C'est dans ces instants d'égarement intérieur que je ne vois plus rien, que je n'entends plus rien. Que j'ai l'impression d'être au milieu d'un « peep-show ». Dans une sorte de « mirodrome », où les volets s'ouvrent et se referment sans cesse. Où je suis au milieu de la chose, mis à nu, et réduit à cligner des yeux sans arrêt. C'est à cause de ce soleil plombeur. Me voilà aveugle comme un nouveau-né. Insensible à la réalité du monde qui m'encercle sans me toucher. Tout compte fait, même si j'ai les yeux grand ouverts, je ne vois plus rien. Même si j'ai les tympans tendus comme la peau d'un tambour, je n'entends plus rien. Rien que le vent qui siffle dans les fissures de mes quatre murs invisibles. Au nord, au sud, à l'est, à l'ouest : la sécheresse, le vent du cachot, le réchaud.

10 janvier 1867 — Une femme est venue de très loin pour bâtir, avec un soin extrême, une case en miniature à la place où était la maison de sa mère, brûlée par les chasseurs d'esclaves. Elle a déposé une offrande de nourriture dans cette hutte minuscule et cet acte de piété filiale a soulagé son pauvre cœur.

Il doit bien y avoir quelqu'un quelque part, à l'abri du vent, enfin j'aimerais bien qu'il en soit ainsi. Mettons : une femme, enfin, ce serait une femme. Encore mieux : une jeune femme. Et pas n'importe laquelle. Une amie. Je la vois et la reconnais. Même s'il est difficile de se rappeler quiconque dans cette torpeur. Même une amie. C'est presque perdu d'avance, j'en aurai blessé tellement. Elle serait quand même là, seule, elle m'aurait attendu.

C'est curieux comme la vie passe vite. La belle, la bonne et joyeuse vie. Ça passe vitesse grand V. À peine le temps d'en profiter et nous voilà seuls au milieu de ce réchaud continental, sans plan ou projet, sans objectifs clairs. Seuls au milieu d'un champ dévasté où les herbes s'enlacent et forment des nœuds secs.

Même la vie végétative fuse, la dormance, celle des rêves et des souvenirs aussi. Elle fuse, la vie latente. Si on peut appeler ça la vie. Tout ça, c'est du pareil au même, ça va trop vite. C'est clair.

Je m'en souviens trop bien de cet amour de femme. Amour qu'elle était, que j'ai dû laisser, égaré comme je le suis toujours, dans la vie. Et elle m'aurait attendu, cette douceur même ? Mais aurait-elle eu assez de patience et de passion avant que je me révèle à moi-même tout l'amour, enfin le réel sentiment que j'éprouvais pour elle ? Aurait-elle seulement accepté de languir, le temps que moi, péniblement, je me découvre et vainque mon désordre ?

Elle m'aurait attendu, c'est certain ! Elle m'aimait. Aaah ! Ce que nous en avons vécu des moments forts, maladroits, infatigables. Dans la divine musique des soupirs. Je n'aurais jamais dû la laisser se morfondre ni la quitter... C'est clair.

C'est une représentation. Ma voix intérieure reprend. Puis, s'en va. Puis, revient.

Me voilà maintenant en train de tracer des lignes au sol, à l'aide d'une brindille d'acacia, tordue comme une petite liane. Les moments forts, je m'en souviendrai. Jusqu'à ma mort ! C'est bien ça qu'on s'est dit. On avait raison de se le dire. Il fallait, d'une façon ou d'une autre, clore ce conte de fées. Je connais bien mes limites. Et puis, on est tous pareils. On souhaiterait se remémorer ces moments inoubliables dans tous leurs détails, minutieusement, dans toutes leurs odeurs et leurs tendresses, ces étreintes fougueuses, et ces gestes doux, mais...

Peine perdue. « It's f... sad ». Ma mémoire à moi, elle a tout du vieux gruyère. Grugée de toutes parts, ma mémoire. Inutile et rancie. Voilà ce qu'elle est. Ma constitution : des cellules, de la viande qui vieillit et qui dépérit.

Elle était belle comme la nuit, mon amie. C'est un peu cliché, mais au moins, ça, je m'en souviens ! Évidemment avec tout ce soleil, je ne pense qu'à la nuit. C'est plus agréable. Et puis nous en avons passé des inoubliables, à faire l'amour comme des perdus, des foutus qui n'ont plus que deux ou trois heures à vivre... La nuit, c'est tout de même mieux que ce soleil. Et nous parlions de tout et de rien, sans cesse, elle et moi, jusqu'au petit matin. Elle m'enveloppait de complicité et de passion. Et puis, avec elle, c'était le paradis, la nuit.

Derrière cette sécheresse, passé la rocaille des pierres brûlées, il y a encore un mur de silence. Les paroles de mon amie se sont perdues... Plus le temps avance, plus ma mémoire fléchit. Tout s'embrouille. Et j'en suis rendu à me parler tout seul. Sa voix s'est évaporée. Que me reste-t-il ? Une image ? Rien de moins sûr. Du coup, c'est clair. Si je trace son visage à l'aide de cette brindille tordue, enfin, si je tente de dessiner son visage : la finesse de sa bouche ; ses yeux bleus, comme le bleu souriant de la mer de Judée, coiffés de ses cils si doux ; ses lèvres généreuses et délicates ; sa tignasse blonde et tout le reste de ses traits de jeune femme début vingtaine que j'adulais et célébrais...

Je n'y arrive pas.

Rien à faire. Je ne pourrai jamais la représenter telle que je l'ai connue. Mon dessin sera toujours imparfait. Une esquisse. Rien n'égalera la représentation que j'ai encore d'elle dans mon cœur. Quand même je passerais la journée ou la semaine à le travailler, ce dessin. Rien à faire. Rien.

Son visage, personne ne saurait le représenter. Pas même une photo d'elle.

Il était parfait. Il le restera. Pour toujours.

Mon soliloque se perd au fur et à mesure que je reprends la marche. Mieux vaut marcher, quand on est seul. Dans mes balades, j'ai pris l'habitude de longer la rive où il y a des pistes d'animaux et des sentiers battus par les hommes. Et je regarde fixement la vallée et surtout les pierres si parlantes. Elles me racontent à quel point elles sont éprouvées, ratatinées, vieilles comme la terre. Comme la rouille les a rongées en bonne partie. Comme dit le vieux dicton : on a beau avoir une santé de fer... Même les pierres finissent par rouiller, ici. Le cœur seul ne s'érode pas. Ça y est. La voix intérieure va revenir. La douceur des souvenirs s'installer à nouveau, m'engorger la tête et le cœur si je ne l'arrête pas.

Un caillou me fait un clin d'œil.

Je me penche. Je regarde l'étrange galet. D'un noir foncé, il présente cette patine éolienne caractéristique des pierres qui ont du vécu. De l'usure. Hors de l'ordinaire, ce caillou. C'est comme s'il avait des yeux. J'hésite. Ce doit être un fossile. Les yeux du coranoptéryx ? Ou ceux de son cousin ? De toute façon, ils sont éteints, comme *toastés*. Aucun risque. Et je la ramasse, cette pierre. De longs lézards, inquiets et vifs, nous évitent, moi et mon ombre.

De petits régiments de fourmis noires assez dodues filent à toute vitesse en transportant toutes sortes de débris miniatures. Le galet, dans ma main, forme un losange parfait. Certainement une hache ou un poinçon jadis rattaché à un manche en bois, par des lanières de cuir ou végétales — j'y vois les marques rugueuses d'hommes qui lui ont donné plus d'utilité que d'élégance. Un tomahawk africain, voilà ce que c'est.

En collectionneur amateur, je le glisse dans ma poche de pantalon, tout fier d'avoir su trouver une véritable obsidienne dans cet amas de cailloux ordinaires. La perle dans le tas de fumier. Il n'y a rien d'autre à voir ici. Ça doit être l'unique, la seule. Mon signe de la Vierge est vraiment dans la bonne maison et domine, omnipuissant, mes journées, le lit de la rivière et tout le kit. Enfin... Je constate, encore une fois, que le destin a guidé mes gestes et ma main. Je n'étais que son jouet. « Life in the real world on a real planet ». Plus besoin de « space cake » pour surfer la région et ramasser les points. Et demain, on va passer aux pierres précieuses. OK, dieux du ciel ?

Après l'avoir tripatouillée nerveusement, comme on compte ses dernières pièces de monnaie, je décide de l'examiner un peu plus en détail, cette perle. Et surprise ! Derrière elle, hors foyer, j'entr'aperçois des cousines. Elle n'est pas seule. Une multitude de ces poinçons, haches et pointes de flèche s'étale aux alentours. Le lit de la rivière regorge de trésors ethnographiques. Je suis tombé sur l'usine panafricaine de fabrication des pierres-outils. « Stones for Africa Inc ». Il doit bien y avoir un panneau quelque part.

Revenu sur terre, j'ai beau tenter de me convaincre du contraire et essayer de regarder les choses de haut, impossible. Je suis habité par une idée réconfortante : celle d'avoir un passé de singe intelligent et d'avoir pu, en quelque sorte, en traquer le lieu d'origine. Être là, précisément dans ce hameau perdu où toute cette activité a débuté, me plie et me love dans un confort douillet.

Accroupi, recueilli, je contemple un fossile-caillou, une pierre-outil, puis une autre, et encore une autre. Interminable trésor, le gisement paraît inépuisable. Me voilà en position du quadrupède, en communion avec la partie obscure de mon intelligence, comme diraient les neuro-pharmacologiciens, avec mon cerveau de vieux mammifère. J'ai retrouvé le lieu originel où mon ancêtre, un singe primate, s'est mis, un jour, à faire travailler la partie obscure de sa boîte crânienne, à fabriquer des outils. À voir le monde en termes précartésiens. À penser troc. L'embryon d'une économie capitaliste.

— Nours !

Où est Nours que je lui annonce la bonne nouvelle ?

Les fourmis ont maintenant gagné mes sandales. En escadrons serrés, elles font des raids sur mes orteils. Après tout, c'est un microcosme chaud et humide. La promesse d'un repas rapide, faisandé et accessible les a convaincues qu'il faut contacter le reste de la fourmilière et passer le message : « Good Food Here. Broadcast to all stations. We repeat : Good Food Here ». J'en écrase quelques-unes, de ces fourmis aventureuses, mais leur message est relayé par je ne sais quelle phéromone impossible à capter par un quelconque nez humain.

Hé ! Bro ? ! Suis-je toujours dans cette catégorie, maintenant que j'habite dans un village sur une rivière non répertoriée dans l'Atlas Universel — et que je suis en position fœtale, recroquevillé sur moi-même depuis une heure, à regarder intensément des tas de cailloux ? « Nevermind ».

Je continue ma cavalcade. Les cadavres chitineux des fourmis s'empilent sur les pierres voisines. Je dois être, pour elles, un immense réservoir d'eau et de viande en mouvement. Quelque chose comme une météorite comestible, mais ennemie, mille fois plus grosse que leur planète. Heureusement, Nours ne m'accompagne pas, elles le prendraient pour une galaxie hostile ou un univers de galaxies, une sorte de jambon de Pampelune. Et on aurait toutes les fourmis de l'Afrique à nos trousses. Saint Zéphirin, dieu des vents, amenez-nous de la pluie pour que tout ce beau monde puisse brouter ailleurs que dans mes sandales et que finisse le massacre.

Je remonte vers le village, abandonnant mon idée de détruire la pondeuse bionique et ses vaillants soldats. Le soleil est haut dans le ciel. Mes semelles de sandales sont tartinées de fourmis figées qui ont vite fait de sécher et de s'effriter à chacun de mes pas.

C'est l'heure de la sieste.

Une chèvre semble m'attendre en face de ma hutte. Je m'affaisse. Peut-être pour le reste de la journée, tant qu'à y être. La chèvre s'en va, dolente et docile, en ballottant son arrière-train qui n'attire que les mouches.

CHAPITRE VI

L'arrivée des Italiens

Les jours filent.

Le printemps n'est toujours pas au rendez-vous. Ni Nours ni moi n'avons su améliorer l'économie du pays comme j'avais cru le faire à notre arrivée. On est toujours nourris et logés. « Gott sei Dank » (que Dieu ait pitié de nous dans sa grande miséricorde).

> *19 janvier 1867 — Gagné dans l'après-midi les montagnes qu'on voyait au nord. Tandis que nous nous reposions, au sommet de la première pente, deux chasseurs d'abeilles se sont approchés de nous ; ils suivaient « l'oiseau du miel ». L'indicateur, les voyant se détourner, est venu les rejoindre et, pendant une demi-heure, il a tranquillement attendu qu'ils aient fini leur pipe et leur causette ; puis il s'en est allé avec eux pour leur servir de guide.*

Nours et Precious sont allés se promener dans le lit de la rivière. Ils s'amusent à lire les empreintes des animaux. Precious les connaît toutes. Quand ils repèrent les signes de grandes batailles animales, à travers les os, les touffes de poils ou encore les carcasses figées dans une flaque de sang séché, elle peut même imiter les mouvements du dernier combat. Juste à regarder les restes et à mesurer l'espace qui les sépare. Elle se met alors à quatre pattes, sautille et prend toutes sortes de poses animalières sympathiques. C'est son roman. Je l'ai vu mimer les derniers moments d'une antilope terrassée par un félin quelconque, sur les lieux mêmes de la scène. D'abord, elle se penche, s'agenouille et touche délicatement le sol de ses mains. Elle se recueille devant les lieux du carnage, arpente d'un pas studieux les sillons de l'agonie puis, sans aucune hésitation, mime la scène de la mise à mort de la bête — perspective victime — comme seuls les meilleurs conteurs savent raconter des histoires, tirées de la mémoire des hommes, mais évidemment toujours inédites. Les traces et les empreintes lui parlent. C'est grandiose, et très instructif.

Après la représentation, le silence s'installe. Il faut la féliciter car, dans ses traditions, elle a su faire revivre une dernière fois l'âme de la victime. Elle incarne celle qui lui a permis de partager ses angoisses et sa fin tragique. Après coup, Precious rit à pleines dents, en autant que cela lui soit possible. Un rire tonitruant. Ça fait drôle, venant d'une choucounette comme Precious. Un rire si soudain qu'il fend le silence, entre terre et ciel, comme une dague. J'aime beaucoup cette détente après autant d'investissement personnel. Ça me plaît.

Les heures passent, et nous, assommés par la chaleur et le soleil, on attend. On est là, couchés dans nos cases, à attendre la pluie. Il n'y a rien d'autre à faire. On garde le plus souvent nos yeux à demi clos. Pour éviter de se les faire brûler, il faut cligner comme un rat. On se regarde tous de la sorte, les uns les autres, en clignant sans arrêt, les yeux aussi secs que des raisins de Corinthe.

Pour tuer le temps, j'ai inventé un jeu stupide. Je ramasse, en un petit tas, des cailloux — j'ai toujours aimé les pierres — de formes diverses et si possible de couleurs différentes. Environ une quinzaine. Et je les aligne en formations, à la manière d'un puzzle rectangulaire. Je les dispose sur une matrice imaginaire cinq par cinq. « Check ben la recette ! » Ensuite, je prends note de leur position, sur un papier ou sur le sable à côté de moi. Chaque pièce est située par rapport aux autres. Par exemple : la grosse dent jaune est sur la première rangée, à l'extrême gauche. Le noir schisteux sur la deuxième, au milieu, entre le caillou couleur brun rouille et le quartz rose. Et ainsi de suite. Ça me donne une carte de cailloux qui va servir de référence pour la suite du jeu.

Finalement, « Playtime » ! Il faut vraiment ne rien avoir d'autre à faire, aucune activité inscrite au plan. Je défais d'abord les belles petites rangées pour empiler les cailloux dans un petit tas. Le jeu consiste à remettre toutes ces pierrettes à leur position initiale. C'est complètement normal, c'est-à-dire tout à fait trivial, voire banalement anodin. Mais ça meuble bien le temps. Déplacer des pierrettes, c'est moins forçant que de travailler dans une carrière. Precious adore, mais cet après-midi, elle préfère la compagnie de Nours à la mienne. À mon jeu, elle est mille fois plus performante que moi, la Precious. Le monde dans lequel elle a vu le jour possédait plus de cailloux que le mien.

Je l'ai testé avec d'autres villageois, ce jeu machiavélique. Mes résultats sont toujours piètres. Les leurs, impressionnants. Tous et chacun me trouvent un peu débile et maladroit. La plupart du temps, je donne dans le soixante pour cent d'erreurs, alors que le plus sénile des villageois marque, enfin obtient quatre-vingt-dix pour cent des points. Le jeu, c'est l'interaction que cette partie de solitaire crée entre nous. L'émulation s'installe lorsqu'on joue à plusieurs. Il faut bien l'avouer, mais on ne le dira pas trop fort, je ne fais pas le poids. Faudra réviser l'ordre planétaire, encore une fois. Nos ancêtres étaient-ils vraiment des Gaulois, maman ? Mrs. Ples et Tante Lucie, vous, les australopithèques des caves de Sterkfontein, dans le Transvaal, qu'en pensez-vous ?

Le temps s'égrène, la journée s'étire, et Precious

et Nours ne m'ont pas encore honoré de leur présence. Seul dans ma case, je joue sans entrain. Pour briser la monotonie. Cinquième partie de ce solitaire. La réserve d'objets que j'ai constituée m'offre un éventail infini de permutations. J'avance une pierrette, hésitant. Ma mémoire essaie de se tracer un parcours balisé dans ce labyrinthe de formes irrégulières, taillant des polygones impossibles dans ces spécimens uniques de la géologie.

Ma cinquième partie achève. J'ai réussi à placer, dans des petites cases délimitées par des brindilles, la quasi-totalité des pierres de la pyramide. Peine perdue. Mes résultats sont piètres, poches, comme on dit chez nous, chez les Nègres blancs d'Amérique. Je m'étends sur mon lit et m'assoupis un instant. Je ne me réveillerai que le lendemain matin, à l'aube, au cri du coq, une pierre à la main. C'est ainsi qu'on attend la pluie.

Quelques jours plus tard, un vrombissement de moteur et un bruit de musique occidentale nous sortent tout d'un coup de la torpeur. Midi approche.

J'entends des voix au loin. Je veux dire des voix qui ont une résonance de fin de race, de tribu égarée. J'enfile mes pantalons. Ici on ne peut retrouver qu'une seule espèce de touristes : les perdus et les paumés. Je dévale la pente qui m'amène au lit de la rivière. Et du coup, ce sont des touristes, et ils sont visiblement perdus. Des Italiens. Des Ritals en pleine savane — qui conduisent leur petit véhicule de marque nationale, version quatre roues motrices, type safari de ville. Ils avancent dans le lit de la rivière comme une formation militaire miniature. Deux véhicules identiques qui se suivent. Et après chaque roulement de bielles, on entend des « Fanculo ! Managgia ! Porca Matregna ! e Dio Cristaccio ! » Ils en ont probablement contre le manufacturier. Ou bien ils ne savent pas lire un plan. C'est clair. C'est des paumés.

Je vais à leur rencontre. Leurs voitures pour pygmées du Piémont se sont arrêtées sous un arbre décharné. On attend tous la pluie, c'est limpide. Nos amis les arbres, tout comme ces italiens bronzés comme des « pomodori ».

— Quelle est cette puanteur Gian Paolo ? demande l'un deux.

— On dirait l'odeur d'un animal sauvage, un babouin. Oui, c'est ça… une bête comme ça, répond-il.

— Si. C'est ça, il doit y en avoir plusieurs, c'est très fort, cette odeur de putois. Ils sont tout près de nous, fanculo !

Ils s'avancent dans ma direction, tendus comme des arcs, ignorant que je comprends leur langue.

— Tu les vois, toi ?

Ça y est, me dis-je, ils vont sortir leur arme à feu. On va me tirer dessus, si je ne me tiens pas debout comme un homme. Bon, allez ! Debout ! Fini la posture quadrupède si pratique lorsqu'on mange des fourmis, des termites et qu'on se tape des chèvres. Ha ! J'aurais tout de même dû me raser.

Je maintiens avoir démontré, à plus d'une occasion, une quelconque parenté avec un légume, mais là je sens vraiment le saumon fumé. Enfin… Personne n'est parfait. Il faudra éliminer cette odeur dans mon programme de « cloning ». Je n'ai rien du babouin. Enfin, j'espère.

Alors détente. Salutations d'usage. Content de se voir et de se dévisager, sympathies et tout le reste. Les Italiens sont d'une espèce assez facile d'approche. Ça se complique avec les femmes italiennes, mais remettons cela à plus tard.

— Où allez-vous ? que je demande.

— Nous voulions aller à Bulawayo et bifurquer vers les ruines du Grand Zim (il veut dire les ruines du Grand Zimbabwe — des ruines magnifiques, par ailleurs). Mais nous avons pris un mauvais virage, enculé !… Cazzo ! Managgia !…

— Calme. Tranquille, lui ordonne son collègue en laissant traîner la dernière voyelle.

Et je perds la suite parce qu'ils n'arrivent plus à se contrôler et continuent de s'invectiver. Mes paroles accueillantes n'ont pas eu l'effet voulu. On a tous une composante électrique, en voici la preuve.

Nours arrive sur les derniers mots de l'altercation. Nours et moi, on est aujourd'hui bien lunés, tels ces Africains que l'on est devenus par mimétisme, toujours souriants. Ha-Ha. Ho-Ho. On pourrait se croire sous un arbre de Noël tellement il y a de la joie. Tout le monde convient que les indications routières ne sont pas légion dans ce pays. Spécialement dans les lits de rivière. Bon, et puis fini la rigolade... Je leur propose de laisser leur caravane là où elle se repose, et de me suivre.

Et pourquoi ne pas inviter les Italiens au village ? C'est quasiment chez nous, après tout. Et je serai bientôt parrain si les amourettes suivent leur cours, et là, assurément, j'aurai droit à la polenta à vie en tant que mononcle. Youpiyeah ! On laisse les véhicules parqués pas trop loin. Je les invite dans ma hutte boire une louchée d'eau fétide — vive l'hospitalité en temps de sécheresse !

21 janvier 1867 — On trouve, dans chaque maison, vingt-cinq à trente pots de terre, suspendus à la voûte au moyen d'échelettes de corde d'une fabrication très soignée ; s'y ajoutent souvent un nombre égal de paniers, suspendus de la même manière, et beaucoup de bois de chauffage.

Gian Paolo est petit, charnu et son compagnon de route l'est également, mais en plus gras, comme un voleur. Blondinet, Gian Paolo, la barbe de deux jours savamment négligée, sourit à pleines dents, des dents de carnassiers. Il nous parle avec assurance de ses voyages à travers l'Afrique et l'Asie. Sans cesse, il cite des noms de lieux à la prononciation impossible. Son parfum me chatouille les narines, et ses manières, enfin son style vestimentaire fluorescent et ses allures princières, tranchent du tout au tout sur la monotonie des lieux. Et moi qui sens la charogne !

Dès le premier coup d'œil, la fraternité ! Une sorte d'entente et d'amitié tacite s'est installée entre Nours et eux. C'est si rapide et à un tel point contagieux que Nours leur donne les tapes sur l'épaule, des « toi, tu connais ça ». D'un seul coup, il s'est senti à l'aise avec ces gens venus d'ailleurs et de nulle part.

J'ai compris. En un instant, le tri des hommes a pris un virage angle droit. Les gros et les maigres. Une nouvelle nomenclature lipidique simplifiée. C'est clair. Ça simplifie les choses. Je fais soudainement partie du camp des exclus. L'arbitraire du classement me tue. Voilà qu'on trie les hommes selon une vague ressemblance avec un parent lointain, un cousin, une grosse torche ou un animal sympathique — un rappel des camps de la mort. Voilà ce que c'est, presque. Enfin... Et moi qui leur offrais si généreusement des centilitres d'eau fétide. Vraiment ! Pour qui me prennent-ils ? Je pensais avoir trouvé une nouvelle famille, des frères de l'Occident, mais rien. « Nix ». « Niente ». « Hayi », comme diraient les Ndébélés. Pauvre de moi. Je victimise encore. On verra la suite. Famille peut-être, s'ils veulent bien m'adopter, moi et mon plan. Notre plan.

Le soir venu, la fête explosera, c'est à prévoir. Déjà, le village s'est embrasé à l'arrivée de ce duo sympathique et vociférateur. On laisse filer le temps à coups de louches et d'histoires insignifiantes.

Les enfants se risquent à jeter des regards curieux dans la hutte, en rigolant. Les heures se succèdent, la nuit avance une main froide sur la pente sèche de la vie, ici-bas. J'ajoute une nouvelle ligne au plan : « Surboum — Party ».

Une vache squelettique traverse la pénombre à la recherche d'un peu d'herbe et de rosée. Il lui faudra patienter jusqu'aux petites heures pour une tasse du précieux liquide.

CHAPITRE VII

J'entends Kombolwe

Je hume l'air qui passe.

Une odeur âcre, à peine herbacée, vient gratter mes narines. Quelqu'un, quelque part, a dû ouvrir une jarre dont le couvercle était vissé depuis des millénaires. Un parfum du passé s'est échappé.

L'arôme flotte dans l'air, invisible, et remue en moi force souvenirs d'enfance chargés d'appréhensions prémonitoires. Quelque chose de mal, d'affreux, d'horrible m'attend. Nous attend. Quelque chose se produira ici, dans ces lieux, dans cette maison. Quelque chose qui ne saurait être expliqué dans aucune bible de l'humanité bien pensante. Ici-bas, en Afrique, les pouvoirs n'appartiennent pas seulement aux hommes de bonne volonté. Les esprits sont des puissances.

Et pas seulement les esprits du bien et du mal. Les eucaryotes, ces êtres unicellulaires, eux aussi règnent ici-bas. Même cette odeur a son mot à dire. Je tends l'oreille. Rien. Je ne peux que renifler cette odeur âcre. Nous, les Occidentaux, ne comprenons rien à ces phénomènes inexpliqués. Ces pouvoirs-là ne peuvent être mesurés par aucun instrument. Ça se passe à un autre niveau — ou dans une autre dimension. Je sens qu'il y a un message, mais je n'arrive pas à le décrypter. Mais tout à coup, dans ma tête, j'entends encore Kombolwe.

Elle continue son récit, à peine sensible à l'odeur des algues et aux relents occultes qui flottaient là-bas dans l'air. À peine sensible à l'abîme confus dans lequel cette odeur m'a alors plongé.

— Cela faisait partie du plan. De leur projet, dit-elle.

Et on écoute, dociles, la suite interminable d'un autre pan de sa vie de brousse.

— La compagnie envoyait d'abord des hommes d'expérience. Des hommes de métier : des médecins et des arpenteurs-géomètres. Les premiers, pour recenser les individus et les départager : les forts des faibles, les infectieux des convalescents, les aveugles des visionnaires, les fainéants des enthousiastes. Les seconds, pour quadriller le terrain, prévoir les travaux à faire, proposer de construire des remblais et des digues, identifier les voies navigables, évaluer leur profondeur, leur débit, mesurer l'acidité de l'eau, la qualité des nutriments, des parcelles et des sols. C'était le tour du propriétaire. Mais pas seulement.

Elle bâille. On bâille tous. Nours s'est presque endormi. C'est contagieux, cette inqualifiable affaire du bâillement. D'abord, le coup du jeton magnétique de la toux, maintenant, celui du bâillement et de la poudre. Décidément, l'Afrique, je n'y comprends pas grand-chose.

— Je l'appris par la suite, poursuit-elle.

Nours a le regard fixe. Il s'est perdu, lui, dans un repli de l'espace et du temps. Elle ne remarque rien.

— En plus de ces professionnels de la santé et de la terre, on retrouvait, dans cette population de passage, des représentants de tous les métiers du monde. L'appareil indispensable à une telle entreprise. La race humaine est toujours prête à payer pour mener à bien ses objectifs de conquête. C'est bien connu : lorsqu'il y a un déplacement de population guidé par des intérêts purement commerciaux, tous les genres se rassemblent...

Kombolwe nous questionne du regard. A-t-on seulement compris ce qu'elle essaie de nous dire ? J'avoue, en moi-même, que malgré son apparence banale ce petit bout de femme fait preuve de caractère, et qu'elle nous fait la leçon. Je n'ai jamais été fort en dialectique et la propagande marxiste-lénifiante m'irrite.

— Tu vois, Petit Blanc, me dit-elle à moi, comme pour bien peser ses mots, les missionnaires, les entomologistes, les tonneliers, les stagiaires généralistes, les géographes, les agronomes, les pêcheurs d'eau douce, les savants, les botanistes, les cuisiniers, les plongeurs, les commis-comptables, les receveurs buralistes, les marins, les militaires, les spéculateurs immobiliers, les bûcherons… tous, mais tous ceux-là faisaient partie de la machination. Tous ceux-là faisaient partie de la manœuvre planifiée par cette entreprise occidentale. Toute cette main-d'œuvre était venue pour nous anéantir, nous, les Ungas. Et notre tradition et notre Grand Marais.

J'acquiesce du regard, un peu embarrassé. C'est presque une introduction au traité des caractères, me dis-je en moi-même. On n'est pas sorti du bois, pour parler québécois. Et comme je ne connais rien en la matière, comme je n'ai jamais rien compris dans cette discipline qu'est la psychométrie des genres humains, cela risque d'être pénible.

— Ces types différaient en tous points des gens de ma tribu. Chez moi, chez nous, la vie s'organisait simplement. On était pêcheur, prêtre, chasseur ou petit commerçant. À chacun sa fonction.

Elle fait un signe discret à une de ses assistantes derrière le comptoir. Qui s'éclipse aussitôt. Et la conteuse poursuit, infatigable :

— Par définition, un homme est bon. Yebo, baba ! Et dans notre tradition orale, je ne connais pas moins de cinq histoires qui relatent la bonté des pêcheurs à l'égard des voyageurs et des infortunés. Vous voulez que je vous en raconte une, demande-t-elle poliment ?

On ose refuser d'un geste de la main. « Genug. »

Elle poursuit, imperturbable :

— Ces dispositions favorables à l'égard des nouveaux venus, nous les avions toutes et tous. Mais ils demeuraient des intrus. Même si ces bons docteurs et ces hommes en robe noire étaient guidés par de purs intérêts humanitaires, par des mobiles explicites et déchiffrables, il y avait les autres. Après les missionnaires et les médecins, vinrent les commerçants. Et puis, un jour, nous arrivèrent aussi ceux d'un autre type. Ceux dont l'âme est perdue à jamais.

L'assistante réapparaît avec un plateau de fruits qu'on s'empresse d'engouffrer. Tout le monde est ravi de la pause. Kombolwe a beau avoir un vrai talent de conteuse, on ne peut se nourrir que d'histoires et d'eau fraîche. Mais ça commençait tout de même à devenir intéressant.

Puis, le plateau et la domestique disparaissent aussi discrètement qu'ils sont venus. On se croirait dans un salon de thé à l'anglaise. À ce propos, même dans les régions les plus isolées, les Noirs obéissent ainsi à un code de politesse nettement défini. J'ai toujours été frappé, — vraiment j'insiste, « by George ! » — par le savoir-vivre de ces nations. Leur étiquette diffère assurément de la nôtre, mais ils l'observent, en général, plus rigoureusement. « Yes, indeed. »

Kombolwe continue, nonchalante, sa description des détraqués :

— Ils avaient le regard torve, une volonté malsaine et le sang noir. Il fallait savoir les reconnaître avant qu'ils nous entraînent avec eux dans leur démence !

— Ncesi ! qu'elle ajoute dans la langue de son enfance. Elle écarquille ses grands yeux globuleux.

— La compagnie avait besoin de travailleurs et était peu regardante sur la qualité de ses recrues... Poètes, devenus commerçants puis usuriers, comme un certain Rimbaud en Éthiopie. Savants intolérants, prêts à tuer pour ramener un spécimen de coléoptère encore non identifié. Colons de l'Afrique décolonisée en mal de pratiquer leur autorité débridée. Petits prêteurs d'argent et grands shylocks. Violeurs, qui scrutaient l'intérieur des cases à la recherche de fillettes ou de jeunes garçons de moins de cinq ans. Brûlés de la tête. Drogués squelettiques... Toute cette racaille rejetée par les lois et la société normale des Blancs venait corrompre la nôtre. Toute cette « camaramerderie » des fanges de l'humanité nous apprit beaucoup. À nos dépens.

Encore un signe de croix.

Puis, pensive, elle ajoute :

— Ils défendaient tous, consciemment ou non, les dérangés autant que les bons, d'une façon maladroite, brouillonne ou précise, les intérêts de la compagnie forestière, leur employeur. Cette dernière planifiait d'assécher une immense section du grand marécage pour y planter des arbres venus d'ailleurs. Des arbres d'un potentiel incroyable, nous disaient-ils.

À ce moment, je perds un peu la suite. Mon regard s'accroche aux tableaux sur les murs. Rien pour apaiser ce sentiment d'insécurité que cette odeur a su éveiller en moi. Ça y est. Je vais encore « criser ». Au-dessus de ma tête pendouille une illustration ancienne aux armoiries de la ville. Une scène horrible. Beaucoup d'armes et d'instruments de torture, des autels et des socles destinés aux sacrifices, des têtes mutilées et des corps d'où le sang coule encore. À flot.

Et puis, au centre de l'image, il y a cet homme qui brandit une hache cérémoniale au-dessus de la flamme d'un bûcher. On s'y était préparés avant d'arriver ici. On nous avait prévenus. La région n'a pas toujours été hospitalière. Ce cadre témoigne d'un passé belliqueux empreint d'une incroyable cruauté. Est-on jamais assez armé pour affronter le legs du passé, et la réalité du présent ? Hé !

Kombolwe croise mon regard.

— Tu t'intéresses aux œuvres d'art, mon ami le Petit Blanc, s'empresse-t-elle de me demander ?

— Beaucoup, je réponds, affirmatif.

— Regarde un peu mieux les détails, la finesse du coup de pinceau, l'exactitude des expressions sur les visages des victimes. C'est ça, l'histoire de mon pays. Enfin… Cette représentation ne vient pas de mon village unga, mais c'est de la région. Ça vient de la ville.

Je lève encore les yeux, timidement, vers la représentation. Elle surenchérit :

— On raconte même que dans les vieux quartiers, il reste des traces de tous ces massacres. Yebo !

Silence.

— Là-bas — elle pointe un index grassouillet —, sous cet énorme toit de chaume devenu aujourd'hui une léproserie se pratiquaient la plupart des exécutions. Chaque année, elles se multipliaient à un rythme effroyable. Au moment de la fête dite des Aloès, trois mille prisonniers étaient décapités en un seul jour. À défaut de prisonniers, autant de Vendas et de Ndébélés s'offraient volontairement pour les remplacer. Hommes et femmes étaient massacrés indistinctement, en même temps que quelques animaux, chèvres ou bœufs, dont le sang était soigneusement mélangé à celui des victimes humaines.

C'est « too much » pour mon petit cerveau de mammifère. J'étouffe. Je respire bruyamment, à la recherche d'une bouffée d'air frais. On n'est pas en montagne. Il n'y a que ce parfum d'herbe qui navigue entre nous et la puanteur de nos corps salés.

— Des Blancs comme toi ont assisté à ces fêtes macabres, insiste-t-elle. Un commerçant anglais se trouvait à Sithole, au moment des Aloès. Il a rapporté qu'il avait vu l'exécution de trois mille esclaves et de trois mille bœufs, rangés sur deux lignes. C'est écrit dans un livre, quelque part dans une grande bibliothèque.

Silence.

— Le roi de la nation Ndébélés se promenait au milieu de cette muraille vivante, et sur un simple signe de son bâton, les six mille têtes tombaient au même moment.

Quel spectacle ! Les guerriers se ruaient alors sur les victimes et dévoraient la chair sanglante des animaux. Le malheureux officier, hanté par l'horrible spectacle, a d'ailleurs fini par perdre la raison. Rentré dans son pays, il ressassait sans cesse l'épisode du carnage. Dans sa tête, des tiroirs s'ouvraient la nuit. Siyabonga kakulu !

Quel « bad trip », me dis-je. Encore un autre et je capote.

— Un autre voyageur, un négociant portugais, a été témoin d'une scène aussi terrifiante. Il a vu apporter, dans vingt-cinq corbeilles, autant de captifs dont la tête seule dépassait. Ces corbeilles furent déposées au bord d'une hauteur sur laquelle se tenait le roi. Sur son ordre, elles furent rituellement lancées l'une après l'autre, dans le vide. En bas, la foule déchaînée se jeta sur les victimes pour leur trancher la tête à coup de couteaux ébréchés. Les prisonniers étaient aussi parfois cloués à un arbre par la tête, la poitrine, les pieds ou les mains.

Reprenant mon souffle, je lui lance :

— Merci des précisions.

Quand pourra-t-on mettre fin aux récits de Kombolwe, aussi imprévus qu'insoutenables ?

De retour au programme principal, Kombolwe Mashiloane continue ses pérégrinations sans se préoccuper du reste. Nous, on n'existe plus. L'histoire de sa vie défile devant elle, comme une bande-annonce. Elle ne fait que lire le message. Nous voilà maintenant recroquevillés dans un coin de la pièce centrale, Nours prostré dans l'attente définitive d'une amélioration de son sort, et moi tout mou à ses côtés. Mais on n'échappera pas au reste de l'histoire.

— Je commençais à comprendre les explorateurs et les chercheurs blancs de passage. Et même à partager leurs projets grandioses d'ingénierie. « Sikhona ! » Il fallait sans nul doute assécher enfin cette fange malsaine et fétide. Éradiquer les nuages de moustiques et les vers qui grouillaient dans la terre, réintroduire les lechwes, les impalas et les antilopes. Et planter des amélanchiers, des acajous, des figuiers, des eucalyptus et des dattiers. Les aligner en rangées nettes et droites. C'était un beau projet, un projet sain, non ?

Silence.

— Je me disais que j'allais un jour étudier, apprendre à lire. Voilà que soudain, j'avais des projets personnels : sortir de ces étangs poisseux et revenir instruite et riche. Yebo ! Me trouver mari et fonder famille. Mais tout n'était pas aussi facile. Ici, on est pêcheur, prêtre, chef, marchand ou on n'est rien du tout. Il n'y avait pas d'avenir pour moi dans ce village. Je ne voulais pas devenir femme de pêcheur : je voulais ma propre identité.

Pour conclure, avant de servir le nouveau client qui vient d'entrer dans le magasin, elle ajoute :

— Et puis j'ai eu mon accident, Yah ! Ce qui a compliqué passablement mes plans.

CHAPITRE VIII

Une fête africaine

Une fête africaine n'est pas une fête sans qu'on fasse boucherie. Les vieux et le chef du village ont vite choisi une chèvre dans le troupeau. Un spécimen à l'allure un peu défraîchie et émaciée fait l'affaire, à défaut de poulets. Habituellement, elle ressemble d'ailleurs à un griffon squelettique. Et hop ! à vos casseroles, si l'on peut dire. Rien ne se perdra, sauf un jet de sang. Et on gardera les yeux pour les offrandes. On attend encore la pluie.

— Eh ! me dit Gian Paolo, toujours aussi parfumé. Ce n'est pas nécessaire de tuer cet animal Nous ne voulons pas nous imposer... Eh !

Je lui réponds que la région manque de touristes italiens. Je n'en dis pas plus, mais je pense très fort que tout ce qui peut varier notre régime alimentaire est une bénédiction. Ne perdons pas de vue que nous allons manger de la viande ! « Let's focus here ! » « Venhiiyenne » — comme on dit par chez nous (pour vain dieu, comme disaient nos cousins bretons et français). Pas question de manquer un tel festin.

— Eh, eh ! lui dis-je encore.

— Eh ! répond-il, avec son sens du dialogue.

— Ehhh ! que je répète, en laissant traîner la fin de ce mot savant, comme si l'air était aspiré par le *h* du mot, à la façon milanaise. Il ne manque plus que l'espresso, la triple dose de sucre et la petite cuillère.

Pourvu que ces Italiens ne découvrent pas la polenta africaine ! Sinon, c'est le retour à la case départ. Ces amis doivent rester des amis de passage. Et, malgré toute la sympathie que j'éprouve pour cet Italien grassouillet, j'espère ne jamais devoir jeûner à cause de lui. Sinon, je n'en ferai qu'une bouchée de ce petit gros — enfin… ce n'est qu'une figure de style. Pour l'instant. Ça y est le soleil m'a trop tapé sur la tête.

« Honey, let's start the fire and put them pots, yeah ! them big ones, right there, like this… wait a flicking second, stick a fork in his ass, turn him over and he's done. » Saint Hubert, patron des chasseurs, priez pour que je ne m'adonne jamais au cannibalisme, je risquerais de trop aimer ça, viande !

17 février 1867 — Hier, des gens sont venus en foule pour manger un homme accusé de meurtre. L'homme n'étant pas là, ils furent très déçus d'apprendre qu'il ne leur serait pas offert de victime. Décidément, ils sont cannibales.

Bien. Bon. « Slurp ».

La fête commence et tout ce beau monde, les villageois, les Italiens et Nours bavent comme des chiens à la vue de cette chèvre qui va rôtir à point, on l'espère tous, sur ce brasier improvisé. Precious s'est éclipsée, elle préfère un régime à base de céréales et… de sexe. Tout le village est réuni, on doit bien être une dizaine d'adultes et une trentaine d'enfants qui se réservent mentalement les meilleurs morceaux.

Curieusement, il n'y a pas de discours. Le chef n'a pas eu le temps de rassembler les vieux pour former un comité d'honneur et recevoir dignement ces nouveaux hôtes. Je pense que les Italiens s'en remettront, ils sont encore en mode pilotage et sont vêtus comme des mécaniciens. Les terribles rugissements de leurs cylindrées miniatures ont dû, à coup sûr, modifier leur vision de ce qui se passe autour d'eux. Autant le dire : ils sont sourds comme des casseroles. Ils restent là, comme nous, hébétés et pantois, à contempler le rôti et à tailler la viande, déjà, de leurs regards insistants. Un peu plus et ils vont sortir la chèvre du feu ardent, drette-là, c'est-à-dire, sur-le-champ, devant nous tous assemblés. Par pure télékinésie.

Le feu est constamment nourri par de petits garçons téméraires, aussi inconscients les uns que les autres. Ils s'amusent à jeter des branches, tout en sautant par-dessus les braises. Si ça continue, on va manger des enfants à la broche d'ici la fin de la soirée. Tout le monde rigole.

Et nous aussi, puisque, depuis que l'on vit ici,

« it's showtime all the time ». Et puis amenez-en de la pitoune, du bouleau et des épinettes ! Quelques rares flammèches s'élèvent de plusieurs mètres au-dessus de nos têtes dans ce ciel impeccablement étoilé. Je fais des calculs. J'essaie de déterminer l'emplacement du pôle à partir de la croix du Sud, mais c'est infiniment plus compliqué que dans l'hémisphère nord. Bref, encore une occupation inutile.

Les branches incandescentes crépitent à l'occasion, mais elles sont si sèches qu'elles se consument sans éclat, avec cette douce intensité des bois durs de la région. Bauhinie, acacia, teck de Rhodésie. Tous ces arbres aux parfums d'ailleurs vont transformer notre vieille biquette en un mets odoriférant et exotique, mieux encore, en jambon de Parme. Vive le feu. Feu, feu, joli feu, danse dans la nuit.

Ok, ça commence à faire, j'ai faim.

Le grand moment est arrivé.

Le partage se fait dans un ordre intuitif, mais clairement hiérarchisé, en commençant par les gens les plus influents du village et leurs invités d'honneur, pour aboutir, en fin de compte et de côte, aux petits crapauds qui se faisaient rôtir les aisselles. Le partage est ingrat. Il reproduit exactement le modèle à l'occidentale : les vieux ne mangent que s'ils sont influents. Sinon, ils n'existent pas. On va quand même pas devenir émotifs — mais c'est tout dire.

Je ne suis qu'un indécrottable produit occidental et ne comprends encore rien à cette logique du plus fort qui semble pourtant innée, même ici. J'en comprends juste assez pour savoir que la discrimination et le racisme existent partout. Et que j'en bénéficie au max. Yebo ! Eh ! comme diraient nos amis.

Biquette goûte un peu le ranci. Un mélange de suie et d'aromates sauvages. Mais c'est de la viande. De la viande ! Les vingt-trois acides aminés essentiels à mon développement verbomoteur, cyclomoteur et, bientôt, gastromoteur. Nours ronge ses os comme une hyène enragée. Les enfants, eux, se contentent des os déjà à moitié rongés.

Le vieux chef s'avance. Il se met à parler du feu, nous raconte un mythe ou quelque chose du genre. Sa voix est toujours aussi unique. Profonde et généreuse. On l'écoute, tout affairé que l'on soit. Il radote, le vieux, mais on l'écoute, tout en jetant occasionnellement un regard sur l'ultime morceau, qu'il tient encore entre ses doigts graisseux.

— Chez nous, les Ndébélés, chaque village, entretient un feu sacré qui ne doit jamais s'éteindre, et qui doit être gardé, jour et nuit, par la femme du patriarche.

Il s'arrête un moment pour reprendre son souffle. Se tourne vers nous, les Blancs et vers les jeunes, pour s'assurer qu'on va bien comprendre l'importance de ce qu'il va déclarer. Il est grand, le chef. Il doit mesurer un bon mètre quatre-vingts. Ce soir, il s'est drapé d'un tissu jaune ocre, une sorte de toile tissée grossièrement, à en juger par l'amalgame des couleurs et l'abstraction des motifs. Il parle avec ses mains. C'est-à-dire que ses mains précèdent ses paroles dans de grands gestes enflammés et évocateurs. Une vraie pantomime. Dès qu'il termine ses phrases, il les cache, ses mains. On dirait qu'il prépare ses prochaines contorsions en secret, sous son drap défraîchi.

— Chaque jour, lorsque les individus vont à la cueillette et à la chasse pour trouver de la nourriture, moi, le chef, et les vieux du village, restons assis et gardons le feu. Tant et aussi longtemps que ses braises demeurent fortes et que leur éclat rouge reste acceptable, nos chasseurs et nos cueilleurs trouveront ce qu'il faut comme nourriture.

Silence. Les crapauds ont commencé leur cirque.

— Tous les animaux sauvages qu'ils tuent devront être déposés devant le feu sacré, et certaines parties seront mangées en respectant le rite par nous les anciens. Toutes les espèces de baies et de racines sauvages devront aussi, avant d'être mangées, être pareillement purifiées devant ce feu. Le mal et le bien de ce village dépendent de ce feu toujours entretenu. Il faut aussi prendre garde aux impuretés qui pourraient se glisser sous ses braises incandescentes. Ce soir, c'est la fête du brasier sacré. Et moi, le gardien du brasier sacré, je le déclare : Que la fête commence !

Les amis italiens n'attendaient que ce signal. Ils se ruent autour des flammes, en chantant et en giguant de façon frénétique. Dans le brouhaha général, ils entraînent tout ce qui respire et entament bientôt un pas cadencé, bras dessus, bras dessous, avec leurs nouvelles victimes. On pourrait les confondre avec des Russes. Pourtant, ils n'ont ni inhalé ni bu quoi que ce soit, à ce que je sache.

— Hey Hey Hoooooooo ! Hey Hey Hey Hooooooo !

Et tout le monde de répondre et de chanter avec le joyeux duo.

La fête dure toute la nuit ou presque.

Pendant que des villageois tapent des mains et que d'autres donnent le rythme en faisant s'entre-choquer des bâtonnets, des femmes psalmodient des litanies. On dirait qu'elles hurlent à la lune. De temps à autre, elles lâchent des éclats de rire provocateurs. De leur côté, les jeunes Africains se prennent pour des cosaques de Toscane, tandis que les Italiens, en sympathiques caméléons, essaient d'imiter les danses villageoises en suivant, tant bien que mal, le rythme déchaîné des chants.

L'alcool, une bière maison, fait aussi son œuvre, réchauffant les esprits et les corps. Le gros Nours et moi connaissons trop bien la recette pour accepter d'en consommer : maïs, légumes et fruits marinés dans une bassine d'eau fétide où le maître brasseur a bien pris soin de cracher. Il connaît le truc. La salive humaine, par une action enzymatique puissante, provoque un processus de fermentation efficace et vieux comme la planète.

« Thanks, but no, thanks. » Merci. Je passe. Il ne faut pas oublier de sourire à pleines dents au moment du refus. On ne veut vexer personne.

Tout cela se passe à l'insu des Italiens qui, eux, haranguent nos hôtes pour en avoir un peu plus à coup de « grazie mille ». Pathétique. Je parie que demain, ça va gazer dans les entrailles. Ce sera époustouflant, de vraies usines à gaz.

Vers la fin de la soirée, quand les fêtards somnolent autour des restes calcinés de la chèvre, un sorcier apparaît. Coup classique. Plus besoin d'aller au cinéma. *Rain Doctor* est à l'affiche en direct, ici, juste sous nos yeux. Il sort de nulle part et profite de la totale léthargie du moment. C'est clair. Il apparaît, disparaît derrière les cases. Avec sa démarche agitée et mécanique, il a l'air d'un épouvantail rudimentaire. Sa voix saccadée nous parvient plus distinctement à mesure qu'il approche. Essoufflé, il est comme à bout de course. Il fonce droit sur moi et m'interpelle de sa voix rauque. Je ne bronche pas, philosophe.

— Mahala-ma-kapa-a-a ! L'Être suprême m'a donné le pouvoir de commander les bêtes et les nuages. Tu me crois, White Man ?

Immobile, je marmonne quelque chose de plus ou moins intelligible dans le genre « No f… way asshole ». Tout le monde rit et rote.

Ignorant ma réplique, il continue sur sa lancée, sautillant, gesticulant, scandant :

— Le Créateur nous a créé d'abord, forts, magnifiques, nous, les hommes noirs, les hommes de la nuit. Mais il ne nous a jamais aimé autant que vous, les Blancs. Vous, il vous chérissait. Vous ! insiste-t-il, en dardant ses deux index sur Nours et moi. Il a les yeux blancs, exorbités.

— Vous, les Blancs ! Il vous a donné des avions ! Et des voitures pour vous déplacer ! des vêtements ! des fusils ! des machines ! et tout ce que nous, les Noirs, ne comprenons pas. Ce Créateur est un immonde sans-cœur ! Il nous a rien laissé ! Sauf le millie pap. Les sacs en plastique vides ! Mais aussi le bétail ! Et les secrets de la pluie !

Il faut croire qu'il n'est jamais allé à Jo'bourg visiter les usines à la fine pointe des dernières technologies.

Il désarchaïserait son affiche.

Son show saccadé a fait de l'effet. On s'échauffe autour de nous, et le feu, lui, est en train de s'éteindre. Je crains le pire. Ces comparaisons raciales peuvent réveiller d'autres cendres. Et le voilà qui repart, qui insiste sans relâche, toujours aussi essoufflé et dansant comme une toupie. Comme s'il venait de courir le marathon panafricain avec une armée à ses trousses. Et il nous assène ses phrases.

— Et nos cœurs diffèrent des vôtres ! Nous n'aimons pas notre prochain ! nous l'envions !

Ça y est. Ça va se gâter, je me dis. Mais tout à coup, il se calme et parle lentement.

— Nos frères des régions voisines parsèment nos terres de produits maléfiques qui nous empêchent de recevoir l'eau des pluies. On dirait qu'ils s'arrangent pour que la famine nous attrape. Pour qu'on soit réduit à quêter et à demander leur secours. Ça les rendrait plus puissants, et nous serions comme des chèvres. Avec la sécheresse et la mort lente.

Tout autour, on approuve en murmurant. Puis, on entend un cri guttural, presque un grondement. Il recommence sa gigue de pantin.

— Dieu ne nous a rien donné ! Hormis notre don ! Oui, nous en avons un ! Grâce à certains produits dont nous sommes les seuls à connaître les vertus ! nous pouvons provoquer la pluie ! L'homme noir ne veut pas devenir un avocat et soupeser le bien et le mal ! L'homme noir ne veut pas faire comme le Blanc ! tout compter et tout arbitrer et classer et condamner ! Le créateur nous a donné un unique pouvoir ! nous connaissons les secrets de la pluie ! Et je vais te le prouver, White Man ! Demain, tu me croiras, White Man !

D'où vient-il ce type ? Il aurait dû voyager un peu plus et parcourir le monde, visiter les villes. Suivre une formation continue, enfin se mettre à la page.

Du reste, on crève de sécheresse depuis des jours et des jours. Il était temps qu'on le sorte du placard. J'en conclus que ce doit être un sorcier itinérant, sans domicile fixe. Et qu'il est en tournée dans la région.

Il se tourne vers l'assemblée des villageois. Leurs yeux brillent maintenant d'une étrange lumière. Comme des charbons ardents. Les braises s'éteignent doucement et laissent toute la place à des regards inquiétants. Ils le croient. Pourtant, le ciel est clair. La nuit bleue. Pas un seul nuage jusqu'à vingt mille mètres d'altitude. Les contours de notre galaxie paraissent aussi nets qu'un tracé à l'encre de chine.

— Mahala-ma-kapa-a-a !

Le Dinka, comme on dit ici, répète longuement et lentement ces paroles, en insistant sur chacune des syllabes.

Tout le village est à ce moment rassemblé autour du sorcier. Même nous. La tension est palpable.

Admiratifs, mais craignant aussi d'interrompre le travail des esprits et les forces ici présentes, les villageois s'interrogent et devisent, à mots couverts. Sauf les Italiens qui se taisent. Il se mettent en retrait, tout déconfits, ils semblent exténués. La bière, le cycle de Krebs, les enzymes, probablement.

Et le sorcier continue. Inutile de préciser l'effet électrique de Dinka sur les autres. Quant à moi, bien sûr, cette espèce de torchon feuillu ne m'effraie pas. Les villageois, eux, l'interpellent sans arrêt et s'adressent à lui comme s'il était l'envoyé d'une nouvelle Providence, l'interface élue des dieux.

— Dinka, que tu es grand ! Fais venir la pluie ! Fais venir la pluie ! Siyabonga kakulu.

— Dinka ! aide nous, Grand Dinka ! Yebo !

Le sorcier entreprend une nouvelle danse et tout le monde l'encourage. L'énergie revient. Des cris de joie et d'approbation montent de partout. La pluie devra venir de gré ou de force, on le sent. On est dans les nuages.

Le sorcier commence ses implorations au dieu de la pluie. Il prend des offrandes à même un plateau de terre cuite et les élève cérémonieusement vers le ciel. Il répète son geste, au cas où les dieux ne l'auraient pas remarqué. Avec force incantations et grognements divers, comme il se doit. Toutes les figurations possibles du bestiaire commun sont alors mises en scène par Dinka. Il n'a surtout pas peur des lieux communs, il faut l'avouer. Ordinaire, merci ! On a droit à tous les clichés du chien qui jappe et de la chèvre qui brame.

Puis, avec les cendres et les restes de l'animal sacrifié, Dinka maquille une à une les parties dénudées de son corps. À quelle nouvelle sortie se prépare-t-il ? Il s'effondre ! En pleurant et en gémissant. Il se recroqueville, la tête vers l'ouest, les genoux repliés, la paume de la main droite retenant le poids de sa tête. « Dead man » dit-on. Ça y est, tout le monde a saisi le message. « Dead Man ». Il est mort.

Après quelques minutes, il se relève. Regarde le ciel et fait des gestes larges et implorants, la pluie va tomber, « that's it. » Il remercie les dieux pour la pluie. « Ok. Next. » Tout le monde a compris. On peut rentrer. Le programme tire à sa fin.

Du vrai théâtre amateur. C'est clair.

Tout le monde a participé. « Action theater », bravo ! Tout le monde attend donc la pluie, et nous aussi. D'autant plus que notre constitution hygrophile est en manque. Mais il n'y a pas de quoi paniquer, les animaux n'ont pas encore commencé à mourir de faim, il nous reste encore une semaine ou deux de grâce. Les impalas, eux, sont capables de retarder la date des mises bas de leurs petits de près d'une trentaine de jours, grâce à un dosage hormonal savant dont elles seules connaissent la recette. Si c'était une question de vie ou de mort, le spectacle, assurément, serait tout autre. Dinka s'en prendrait aux étrangers et leur ferait porter le blâme de cette sécheresse intolérable. Du reste, il n'en serait pas à cette première répétition. Il se serait manifesté quelques semaines plus tôt.

Et là, on mangerait de l'Italien, parole de scout. Voilà ! Le show est fini. « Wrap time ». Les Italiens applaudissent un peu. Gian Paolo nous gratifie d'un sourire carnassier. Encore quelques ultimes clapettes. La foule a l'estomac rempli et l'âme repue. Après tout, c'était une excellente représentation. Le sorcier disparaît comme il était apparu. On le voit s'évaporer quelque part, derrière les cases.

Les villageois s'en retournent par groupuscules vers les maisonnettes. Certains titubent et s'appuient sur leurs enfants. Le conseil des anciens nous enjoint de rester. On nous entoure : nous voilà invités à assister à une seconde fête, un « party » plus intime dans une hutte où la lumière point. Le chef ajoute qu'un invité spécial nous y attend et qu'il pourra enfin manger. L'odeur de notre viande lui a donné faim.

— Faim ? je demande poliment. Et soudain, je ne sais pas pourquoi, la peur étrangle un peu ma voix.

— Vous n'avez pas assez mangé, me répond le chef d'un ton presque autoritaire.

— Mais si, mais si ! je rétorque, en rotant et en me curetant les gencives avec un bout d'os, comme la coutume le demande, quand il s'agit de signifier qu'on est repu.

— Et vous ?

— Nous avons un invité spécial à vous présenter. Mbusi Mwaala qu'il se nomme, murmure-t-il emphatique, en déviant la question par une autre :

— Vous désirez le rencontrer ?

Je comprends soudain qui est le chef, ici.

Ses sombres prunelles, qui souffrent visiblement de glaucome, me scrutent, comme pour mesurer l'effet qu'il a provoqué en baissant la voix pour jouer dans les registres infracaverneux. Je baisse respectueusement les yeux. « Smooth, smooth », que je me dis. Il ne faut pas qu'il lise la terreur qu'un regard de chef noir peut déchaîner en moi. Sinon, je vais finir toasté sur un feu de camp. Ah ! que de préjugés. Ça doit être les vapeurs de la bière locale, mon poussin. Dire que tout dernièrement, à Jo'bourg, dans un petit resto de famille sénégalais, je mangeais les mets les plus finement apprêtés... Pas de panique.

— Alors, nous allons encore festoyer avec lui ? Est-ce vraiment nécessaire ? demande Numero uno.

Il est aussi peureux que moi, le Gian Paolo. Complètement effarouché à l'idée qu'on le retienne dans un espace clos, au milieu d'un peuple chez qui il a sans doute peine à distinguer le nez des orbites, les yeux des oreilles, dans un village où des rangées de dents blanches brillent dans la nuit.

— Oui, répond le chef cérémonieux, c'est cela. Nous allons encore festoyer avec cet ami de toujours, il nous attend.

Nous le suivons, la tête basse. C'est le chef.

CHAPITRE IX

L'ami Mbusi Mwaala

L'ordre est sans équivoque, il faut suivre le chef et rencontrer son ami Mbusi Mwaala.

A-t-on mal compris ? l'invitation paraît maintenant bienveillante. À la guerre comme à la guerre. Malgré la confiance que j'aie dans les autorités locales et malgré l'hospitalité dont on a fait preuve à notre égard jusqu'ici, je demeure sceptique et j'ai alors la frousse. Une vraie moumoune, voilà ce que je suis. Et raciste, en plus. J'ai encore des craintes. La mise en scène a donc été efficace. Ingénieux, notre chef de village. Et le sorcier qui a fait le show doit être un de ses vieux copains d'école.

Passé le pas de la porte, le chef me met la main sur l'épaule, en me fixant droit dans les yeux. Et me demande de l'aider ! Les rôles se sont-ils inversés ? Un seul regard me suffit. Je comprends. Il est terrorisé. Sincère et grave. Le sol, la terre, les récoltes, son village, ses petits enfants ont désespérément besoin d'eau. Il FAUT de la pluie. Un à un, il nous implore de l'assister dans cette cérémonie. Les impalas peuvent peut-être attendre encore un peu pour enfanter, mais ces lois gynécologiques ne s'appliquent pas à ses femmes ni à ses vaches.

— J'ai besoin de vous… Il vous faut rêver à l'eau qui ruisselle sur les rochers, qui dévale les pentes à toute vitesse et que rien ne peut retenir. Aux nuages gonflés, prêts à se déverser. Aux orages. Au tonnerre. Aux éclairs. Vous devez même essayer de vous souvenir de l'odeur de la terre mouillée. Je vous demande d'imaginer les relents d'humidité qui flotteraient dans l'air si la pluie imbibait cette terre déshydratée depuis tant d'années. En êtes-vous capables ? Puis-je compter sur vous ?

On murmure notre accord. Bon ! Les Italiens scellent le pacte en ajoutant quelques jurons. Puis, tout s'arrête. Un silence solennel s'installe. On prend conscience de la gravité de la situation. L'« action theater » avec Dinka l'épouvantail, c'était le pain et les jeux pour la plèbe. « We're going Live on national TV ! Right now ! » Plus de répétitions.

Le chef, on le sait parfaitement, n'a jamais été dupe de notre parasitisme. Ça me paraît donc étonnant, mais, cette fois, il a vraiment besoin de nous. C'est un honneur d'avoir été invité. À partir de maintenant, le chef assume ses véritables pouvoirs et nous sommes ses sujets. Dinka, c'était le bouffon du roi. Une marionnette, sans plus. On est au cœur du pouvoir. Avec lui.

Il répète une requête à ses deux filles qui, aussitôt, s'éclipsent. Et nous annonce qu'une autre fête va commencer. Une cérémonie rituelle. Il réitère sa prière afin d'être certain que chacun a bien compris son rôle. Une dizaine de personnes, en tout.

La case est mal éclairée. Un système a été bricolé à l'aide de quelques batteries de voitures, de fils et d'ampoules de cuisine. Je vois tout cela. Et tout à coup reviennent les deux filles du chef, un animal mort dans leurs bras. Elles le déposent sur une chaise, dans un recoin sombre.

Horreur ! Maman ! Help ! Un babouin !

Sa puanteur de bête sauvage me prend vite à la gorge. On le devine maintenant : la chèvre, c'était du bonbon à côté de ce qui nous attend. Peu à peu, nos yeux se sont habitués. On voit maintenant l'animal.

Immobile comme une statue de sel, recroquevillé sur lui-même, le babouin est assis comme un roi sur sa chaise. Il a même un sourire imbécile qui laisse poindre de longues canines jaunes. On jurerait qu'il somnole. La cérémonie va commencer.

Le chef interpelle le primate :

— Mbusi Mwaala, mon ami, c'est un grand honneur pour nous tous que tu sois ici présent pour partager notre repas. Nous n'avons pas beaucoup à t'offrir : la nourriture et l'eau se font rares, voici tout de même du maïs pour assouvir ta faim.

Une femme, apparue avec deux potirons pleins de millie-meal renverse le tout aux pieds de l'ami Mbusi. Dans l'affreux silence qui domine notre petite assemblée, le chef reprend de plus belle.

— Nous manquons de viande. Nous n'avons que peu à t'offrir. Accepte de partager avec nous ce maigre repas.

Là-dessus, sans attendre quelque réponse de l'ami Mbusi, le chef lui tranche la queue d'un seul coup de lame. Et, en trois mouvements mesurés, la soulage de ses longs poils gris brun. Aussitôt, ses deux filles emportent cette queue nue hors de la hutte. Pour revenir, un peu plus tard, la poser devant le babouin, rôtie et fumante. Une odeur putride, presque chimique, remplit la loge sacrificielle. J'ai l'impression que je vais suffoquer.

Le chef se plante bientôt devant la chaise et son occupant pour continuer la cérémonie.

— Mbusi Mwaala, tu dois encore avoir faim. Reçois maintenant cette offrande en gage de notre amitié et de notre respect.

Sur ces paroles, une femme arrive et, d'un air visiblement résigné, remet au chef un petit sac de millet et de viande séchée. Son visage dépité nous révèle qu'il s'agit là d'un réel sacrifice. Dans ce sac, il y a de quoi nourrir les enfants de tout le village pendant au moins une semaine.

Le chef s'empare du sac, l'agrippe par le fond et le vide d'un trait dans les braises qui font office de petit fourneau, au centre de la hutte. Une épaisse et puante fumée nous entoure. On se met à éternuer et à tousser, le plus discrètement possible. C'est clair, on est tous au bord de l'asphyxie.

Et le chef reprend sa litanie :

— Maintenant que tu peux manger, c'est à

notre tour. Nous avions très peu de viande à t'offrir. Presque rien. Daigne partager, si tu le veux bien, ce dernier repas avec nous.

Il fait alors un signe à ses filles qui emportent le babouin hors de la vue. On respire un peu. Pas longtemps, parce qu'elles rappliquent bientôt et posent la fourrure sale et dégoulinante de l'animal sur le dossier de la chaise. Vision lugubre qui nous incite, va savoir pourquoi, à obéir au doigt et à l'œil. On est comme paralysés. Un silence malaisé s'installe. La suite du rituel nous inquiète réellement.

Profitant de notre vertige, le chef se dresse devant nous et, d'une voix autoritaire, nous explique que nous devons absolument consommer tous les morceaux de l'animal. Et que rien ne doit rester ! Il insiste : il est primordial qu'aucune partie ne soit rejetée. La proposition, à elle seule, me semble indigeste. Tout doit être mangé. C'est la condition de la survie.

J'entends mes voisins déglutir. Quant à moi, je n'ai même plus assez de salive pour tenter de le faire. Toutefois, on se doit d'obéir. C'est pas tous les jours dimanche. Le chef assigne à chacun sa portion. Les viscères seront recueillis et brûlés.

Nos morceaux, à peine fumés, arrivent dans des plateaux de paille tressée sous lesquels reposent des assiettes de terre cuite. Les filles du chef posent la tête du babouin face contre terre et commencent par manger l'occiput, en progressant petit à petit vers les joues et le reste du visage.

Je vois Nours qui détourne la tête. Mangera-t-il ?

On me confie les avant-bras de l'animal.

Tout cela me rappelle cette scène du parfait touriste en Amazonie qui, dans un documentaire, criait horrifié : « Ils mangent leurs enfants ! Assassins, cannibales ! Ils mangent leurs enfants ! Ces gens sont des brutes épaisses et sans cœur. Ils mangent leurs enfants. » Pour finalement s'affaisser contre un tronc, éclater en sanglots et pleurer à chaudes larmes comme une Madeleine, le touriste — jusqu'à ce qu'un de ses collègues lui tapote gentiment l'épaule et lui montre les restes du singe vert, un ouistiti ou une autre espèce de ce genre, qui avait rôti sur le feu de la veille.

C'est quand même déconcertant de grignoter les phalanges d'un avant-bras qui, en tous points, ressemble au sien. Du babouin, personne n'en mange à Jo'bourg, ni ailleurs. Une fois n'est pas coutume, je sais. Je finis aussi par me dire qu'il s'agit d'une circonstance exceptionnelle. Qu'il faut s'armer de courage. Faire le vide. Tout en s'imaginant qu'il pleut à boire debout. Je fais mon possible. Nours ferme les yeux avant de croquer.

Je fais pareil. Je mords sans trop regarder la main qui se balance devant moi, juste à la hauteur de ma barbichette, comme une caresse perdue. J'ai l'horrible impression de manger un de mes ancêtres. Étonnant, le goût est très salé et même un peu relevé.

Il se fait tard. Tout le monde souhaite que ce festin sacrificiel, un vrai supplice, se termine le plus tôt possible, malgré toute l'importance qu'il présente aux yeux de nos hôtes.

Une heure plus tard. Il ne reste que les ongles. Et, bien sûr, une collection d'innombrables petits os qu'on nomme, si je me souviens bien de ma biologie, les tarses et les métatarses. Encore heureux que je n'aie pas eu à manger les tripes ! Nours et les Italiens ont écopé des cuisses. On aura tous survécu, finalement. Mes compères en sont au même point que moi : les os s'empilent en petits tas devant eux. Une des femmes du chef les collecte, comme si c'était des sédiments sacrés, oui, c'est ça, de la merde de pape (il faut prononcer marde, c'est encore plus authentique).

Une fois le repas terminé, on apprendra que les os seront broyés dans un mortier en pierre et brûlés dans une assiette en terre cuite aux motifs géométriques. Auparavant, le chef se lève et parle :

— Mbusi Mwaala, nous te remercions pour ce repas. Comme toi seul as les pouvoirs de rassembler les nuages chargés de pluie, comme toi seul, Mbusi Mwaala, connais les secrets des éclairs et le parcours des vents, aide-nous et fais-nous don de ta grâce. Fais venir la pluie.

Et le silence revient parmi nous. La pause est bienfaisante.

1er avril 1867 — La chère est mauvaise et trop peu abondante ; j'ai toujours faim. Au lieu de dormir, je rêve d'une nourriture meilleure. Même en plein jour, des viandes savoureuses se représentent vivement à mon esprit.

On nous sert maintenant de la bière de maïs, en petite quantité. Et cette fois, pas moyen de refuser. Avec tout ce sel encore sur nos lèvres, elle a le goût de n'importe quelle bière des Amériques ou de Hollande, avec un léger soupçon de roseaux sauvages. Déjà, le soleil se lève à l'horizon. La femme rapporte des cendres au chef, les restes de l'animal ont été incinérés, il faut croire. Quant au chef, il examine les restes du festin et... du même coup, jauge l'appétit de ses assistants. Il nous remercie tous personnellement, et marmonne une conclusion à la fois fatiguée et pleine d'espoir.

— Mbusi Mwaala, nous te remercions encore. Tes cendres sont sacrées, que la terre les reçoive en gage de respect et pour le bonheur que nous avons maintenant retrouvé. Car demain, il pleuvra. Je vous l'annonce à tous. Je le sais.

Des regards un peu sceptiques s'échangent. Les habitués se prosternent et crient Alleluia ! Après tout, la pluie, ça vaut bien une messe, aussi occulte et archaïque soit-elle. Que les afro-pessimistes, les négationnistes, les incrédules et les athées se replient dans leur silence. On n'est pas nés de la dernière pluie, mais, quand même, on a bien travaillé !

Le chef répète d'un air léger et joyeux, plein d'entrain :

— Il y aura de la pluie ! Il y aura de la pluie ! Il y aura de la pluie ! J'en suis maintenant certain !

On se quitte. Le soleil flotte, seul comme un triste drapeau rouge à l'horizon. Aucun nuage ne l'assiste dans son lever.

Les Italiens s'approchent.

— Nous partons aujourd'hui vers Bulawayo.

Ils veulent quitter dans quelques heures. Tractations.

Nous les accompagnerons.

C'est le nouveau plan.

CHAPITRE X

Elephantus africanus

Le miracle italien s'est produit. On est arrivés à tout ranger, enfin tout ce qui reste de notre attirail — c'est-à-dire ce que nous avions pu récupérer de l'incident ferroviaire — dans les deux mini-voiturettes. Nours et Precious sont assis l'un dans l'autre dans le premier véhicule, et moi, dans le deuxième, coincé entre les caisses de pierres taillées, la bière de *marula*, les sacs à dos et la nourriture.

Nos nouveaux amis conduisent chacun leur automobile. En tête du convoi, Gian Paolo, le blond parfumé, qui a enfilé une chemise propre et blanche pour l'occasion. Avoir ainsi deux véhicules doit sembler un luxe, voire une frivolité aux yeux des villageois. C'est pourtant une question de prudence. Et Dieu sait que l'expérience nous dicte d'être assez prudent dans ces régions. Tous les blacks indigènes le savent : leurs garagistes sont talentueux, mais toujours à court de pièces. Alors, lorsqu'ils doivent remplacer un filtre à huile, par exemple, il le fabriquent à partir d'une boîte de raviolis. Un ressort cassé : pas grave, Baas ! Une branche fait l'affaire. Cela dit, de toute façon, le plus souvent, il n'y a même pas de garagiste au village. Ni de garage. Que veux-tu, c'est comme ça. La profession de garagiste n'est pas en vogue. On doit se rendre en ville pour en dénicher un. Alors, lorsqu'on voyage, mieux vaut le faire en caravane. Ainsi, en cas de problème, on peut s'appuyer sur un clone, une copie conforme. Et prier. Ça, on sait faire.

Les moteurs rugissent. Nous avançons dans les saccades féroces des pneus sur les cailloux. Cela m'étonne d'ailleurs qu'on réussisse à avancer puisque la circonférence des roues ne dépasse pas quarante centimètres.

Une fois sortis du lit de la rivière, Nours, Precious et moi leur indiquons rapidement une route secondaire qui longe les flancs de la colline et disparaît vers le nord. Pas de doute. C'est de là que nous sommes venus, Nours et moi, puisqu'il n'y a aucun autre accès connu pour entrer ou sortir de ce village Ndébélés. Nous avions un plan alors. Aujourd'hui, nous nous greffons en parasites sur le plan de Gian Paolo, un plan italien. Nours et moi sommes de sempiternels pique-assiettes. Des opportunistes vivant aux dépens de leurs hôtes, leur portant préjudice peut-être, mais à peine. Pourvu que ça dure ! Voyager est notre seule devise. Envers et contre tout, par n'importe quel moyen. Pirateries ! Spoliations ! Pique-assiettes ! Viva l'Italia !

Il fait encore sombre. Le jour se lève sur les herbes grises. La rocaille envahit le chemin, comme une infection qui ronge la terre et la végétation. Rien ne pousse dans cette caillasse, à part quelques espèces obstinées d'herbes drues. Surtout celles qui ont réussi à faire croître leur système radiculaire de façon démesurée. Celles-là survivent. Les « naturels », comme le relatait l'explorateur Mungo Park, s'en servaient pour fabriquer la corde des puits. Et pas seulement. Puis, il y a les autres plantes, armées d'épines ou de poison, semblables à des brigands de grand chemin, prêtes à terrasser les animaux et les appétits les plus voraces. Pour en arriver à résister aux chèvres, à l'érosion éolienne, et aux quatre mois de sécheresse prolongée, il leur a fallu plusieurs millénaires de préparation. Il leur a fallu s'armer.

Dame Nature a toutes les allures d'une scientifique patiente. Elle analyse, manipule, expérimente. La terre est son laboratoire. Parmi ces plantes qui montent la garde, on en trouve d'autres à la racine bulbeuse en forme de tubercule renflé, enfouie à trente centimètres de profondeur. Les noirs blacks indigènes en raffolent. On les mange bouillies, comme des pommes de terre, cuites dans leur jus. Elles ont un goût légèrement sucré qui ressemble à celui de la betterave à sucre, avec une texture plus douce et plus veloutée pour le palais. Bref, c'est un délice, quand on a la chance d'en trouver. Car elles ne survivent pas souvent aux raids des humains.

Je scrute la pénombre à la recherche d'indices qui pourraient révéler leur présence. Rien en vue. Aucune variante du millie à l'horizon. C'est comme partir à la recherche du bout de la nuit. C'est bien connu, tout le monde le sait, il n'y a rien au bout de la nuit. Rien que la grande peur du vide, et peut-être quelques éclaircissements sur l'erreur qu'on a faite, celle d'aller voir s'il y avait autre chose. Certainement pas des racines juteuses.

De temps à autre, un relief rouge vin apparaît sur la dentition irrégulière des roches qui se profilent à l'horizon. Et dans ce décor de mauvaises caries, un gros soleil gravit péniblement le ciel, déformé par l'épaisse lentille atmosphérique. Un vol de corbeaux plastronnés de blanc brise l'immobilité du jour.

Nos voitures avancent si lentement qu'on pourrait les dépasser à pied. Le chemin est pentu et les herbes, tristement hautes et décharnées. Nous arrivons tout de même à quitter le lit de la rivière, le village et la fabrique d'outils néolithiques. La vie de château est derrière nous. Devant, c'est l'inconnu. *Viva l'avventura !*

Le temps passe. Il est bientôt dix heures, le soleil est à soixante-quinze degrés dans le ciel et darde le pare-brise. Un verre bombé, optimisé pour les courses dans les lacets et les ruelles des villages alpins. Autant dire que nous sommes en train de rôtir sous une loupe puissance dix ou vingt, et que la température intérieure de la voiture doit friser les quarante et plus. C'est un peu comme dans ces rallyes organisés, où chaque année, des automobilistes avides d'horizons nouveaux tentent leur chance et vont taquiner le soleil du Sahara. Quelques-uns échappent de justesse à la mort. D'autres sont retrouvés en fâcheuse posture, la langue pendante et gonflée. Nous ne sommes pas encore arrivés à ces extrêmes, mais quelle chaudière, Santa Madonna !

Je sors la tête et me penche pour regarder le bolide qui nous suit. Nours, derrière, a démesurément gonflé. Sous cet effet d'optique, il est encore plus rond. Au milieu des boîtes de conserves, il a l'air d'une sardine dodue, gorgée d'huile. Il porte un casque de transpiration sur la tête. Ces chers Italiens vont nous mettre en boîte et faire de nous des jambonneaux, des saucissons et des andouilles, c'est leur plan.

C'est clair. On a été bernés. Tout ce qui est comestible sera mangé. Vite ! *Schnell !* Sortir ! *Alles aussteigen.* Évacuer ce four à convection sur quatre roues avant d'y laisser ma peau. Je n'ai aucune intention de crever sous le soleil, que ce soit en prenant le chemin maigre ou le chemin gras. L'heure n'est pas encore venue. Vite ! Quitter ce mouroir ! Comment faire ? Dans cette désespérante chaleur, tout effort devient une entreprise colossale. Je voudrais au moins crier. La sécheresse est telle qu'aucun son ne peut sortir de ma gorge. Je n'arrive plus à respirer. J'étouffe. J'agonise en silence.

Je tape finalement sur l'épaule du conducteur. C'est Sidekick, le compagnon de Gian Paolo. Il n'est pas très loquace. Visage bouffi, yeux noirs profondément enfoncés dans sa petite tête bien ronde et bien joufflue. Je ne vois de lui que sa nuque de tueur.

Il m'ordonne de me calmer. Il a lui aussi son casque de sueurs et un maillot assorti. On est tous logés à la même enseigne. Nous jouons tous le même match, et pour la même équipe, le club Chaleur. Laissez-moi au moins m'évader !

Nos conducteurs se ressemblent, élégants eux, jusque dans la transpiration. Un trait culturel. Ces bonnes gens maîtrisent l'art de la marinade ! Le prouve encore l'interminable chapelet de recettes concoctées à partir d'ingrédients illicites, conservés sous toutes sortes de formes et dans des pots de toutes les tailles. Dans des bouteilles, des flacons et récipients qui cliquettent à mes côtés. Nours va finir en terrine ou en pâté ! Precious en pain de viande ! Et moi, en cochonnaille persillée. Santa Pitouna ! Faut en parler au pape ! Qu'il organise un conciliabule sur le cannibalisme dans les populations résiduelles du Piémont.

Enfin, une bouffée d'air. Je reviens à la raison. Ce soleil est impitoyable. J'angoisse comme un enfant coincé dans une classe obscure, condamné à recopier la page A du dictionnaire, celle qui commence par Anxiété et Angoisse. Lorsque ces tourments s'installent dans ma boîte crânienne, tout devient gris. J'amplifie, j'hallucine, je cauchemarde. Encore un autre bol d'air et l'oxygène aura eu raison de cet état paranoïaque que les psychanalystes qualifient de folie douce à composante « humanophobe ». Je tiens, sans le vouloir, le rôle du parasite anxieux, honte du genre humain. Celui dont on voudrait gentiment se débarrasser. C'est ma vocation. Alors. je m'accroche. Du coup, je boucle ma ceinture de sécurité.

> *30 août 1871 — Je suis malade ; chaque pas est une souffrance. Nous sommes campés dans un village dont les habitants se sont rapprochés, nous ont jeté des pierres et ont cherché à tuer ceux des nôtres qui allaient chercher de l'eau.*

Le chemin devient cahoteux, et les nids de poule des nids d'autruche. Secs et sans décoration plumeuse. Heureusement que la pluie n'est pas encore au rendez-vous, sinon la route serait carrément impraticable. Je rote encore ma viande de phalange. Quel cinéma, quelle cérémonie ! Cette Afrique, quel paradoxe ! Alors que Jo'bourg, Durban et Port Elizabeth robotisent leurs usines d'automobiles, les écoles ancestrales et la magie noire perdurent dans les régions. Le pire qui puisse t'arriver ici : manger du babouin. Ça, ou finir en conserve.

On roule maintenant à une infravitesse. L'indicateur est perpétuellement à zéro, pourtant nous continuons d'avancer. Encore un miracle à l'italienne.

Je me retourne pour voir si nous laissons derrière nous une traînée gluante. Non. Pas encore.

Tant bien que mal, notre caravane traverse le désolant paysage. Et la cuisson continue. Nous mijotons dans notre sueur. Ces fours à micro-ondes vont sûrement nous refaire une nouvelle peau. Nours s'est enroulé un foulard sur la tête. Cela lui donne un air de fedayine de grand chemin. Precious s'est endormie sur ses genoux, pas plus habillée qu'avant, protégée par une généreuse couche de mélanine. On endure, que faire d'autre ?

Nos conducteurs ont trouvé, ils redeviennent bavards, ne dérougissent plus envers leurs jouets mécaniques et sur la vilaine allure des routes. Nous venons de passer un autre lit de rivière complètement déshydraté… « Kids, it's time for a drink. But no hay agua. Nada. Wat nu ? » comme on dit chez les Boers. Vivement la Pluie !

Nous voilà tout à coup arrêtés au milieu du chemin. Un avion à réaction a laissé sa signature blanche dans le ciel immaculé, au loin. Il a dû s'égarer ou a peut-être été détourné par un groupe de militaires malicieux. Le moteur de notre voiturette laisse s'évaporer un petit filet de fumée. Les ventilateurs se mettent encore en marche pour apaiser les carburateurs et le reste de la machinerie. Les parois métalliques arrivent à la limite de leur élasticité. « Cars with souls », soyons aimables envers nos frères métalliques. Le délire reprend.

Les heures passent. Il doit être midi, maintenant. Et la pause du midi, c'est sacré. Qu'on soit d'ici ou d'ailleurs, midi marque une coupure. Partout. À la ville comme en rase campagne. Moisis de fatigues, huileux, assoiffés, on décide de s'étendre un peu dans l'herbe. Un acacia au tronc bizarroïde, farci de pustules noueuses, nous offre un peu d'ombre. On se blottit dans un lit de sable, de branchailles et d'épines. Loin des insectes féroces.

À quelques mètres, Sidekick, le moins loquace quoique le plus habile des deux conducteurs, s'affaire, industrieux comme une fourmi autour de sa quincaillerie. Il s'est armé de pincettes, de clés, et de minuscules pièces toutes plus élégantes et plus méchamment design les unes que les autres. Presque aussi volumineux que sa voiture, le Sidekick. De prime abord, on pourrait penser qu'il se livre à quelque acte pervers compliqué, à quelque rituel obscène homme-machine. C'est tout comme.

L'autre groupe arrive. D'abord la silhouette balourde de Nours.

— Holà ! mon ami, comment était la promenade ? je demande, alors qu'il vient vers moi en tirant par la main sa menue compagne.

— Bien. Je ne sens plus autant la chaleur…

Je pense en moi-même qu'il voulait plutôt dire qu'il ne se sent plus autant en chaleur, mais je laisse faire.

— Nous avons vu des traces de bêtes. Des éléphants. Une ribambelle.

— Des éléphants, ce n'est pas très habituel. Je n'ai pourtant pas vu de tas d'herbes à moitié digérées sur la route. Ils doivent se tenir au fond de ce mini-vallon.

J'ajoute à demi-mot que c'est plus heureux ainsi. Nous aurions perdu une roue. Qui sait ! Ça aurait peut-être même arraché la carrosserie, si une des mini-voiturettes avait percuté une bouse d'éléphant…

— Non mais ! En bas, c'est le « big shit house », s'exclame Nours, un peu fatigué par la remontée. Ou par autre chose ? Je ne sais plus, il n'a pas l'air du tout dans son assiette.

— On dirait qu'ils ont choisi cet emplacement comme toilettes publiques, c'est leur royaume fécal.

— Le temple de la merde éléphantine que je répète.

J'ai mon idée. Dans ma quête de pierres semi-précieuses, de cailloux mnémoniques, néolithiques et autres pierres inestimables, je me demande en moi-même s'il n'y en a pas de fossilisées, de ces bouses-là. Ça prend de tout pour monter une collection. Et puis, c'est bien connu, pour tout collectionneur, il y a quelque part un acheteur boulimique. Un acheteur qui voudra tous ces trésors. À prix d'or. Devenir riche après avoir empilé dignement, dans de grandes vitrines sur les grands boulevards des grandes villes de ce monde, des bouses d'éléphants vieilles de deux cent trente millions d'années. Admirable ! Voilà de l'argent sans odeur.

Je laisse tomber l'idée. Il faut revenir sur terre. Cette phase du plan, où j'aurais à rapporter jusqu'à Bulawayo, Lusaka ou Somewhere, des briques de quinze kilos, dans une mini-voiturette dont le moteur fume à dix heures du matin... ça ne tient pas la route. Et, du reste, il faudrait convaincre Gian Paolo, le maître de caravane. Non, j'en viens moi-même à la conclusion que la fortune m'attend ailleurs.

— On en fait plus des comme ça, ajoute Nours, à court de qualificatifs pour décrire ces lieux. J'ai cru un moment qu'on allait voir des pachydermes tomber des arbres tellement cet endroit était inclassable.

La paresse, c'est presque aussi fort que la vie. Ah ! ça me fatigue d'avoir à entretenir une conversation sur des sujets aussi triviaux. Surtout sous ce soleil et par cette chaleur.

— Mais encore ? je dis mollement, un peu las.

— Ouais. Tu vois, quoi.

— Je vois : le Grosse Scheisse Platz. Une sorte de lieu de rendez-vous fonctionnel géant, à l'échelle stalinienne, comme si les pachydermes allaient parader à la gloire du régime matriarcal.

N'importe quoi. J'ânonne des conneries. Régime matriarcal, échelle stalinienne. Le soleil matraque le cerveau, brûle les yeux et le reste de la viande. On se dit des riens, des riens du tout, c'est tellement mieux que d'affronter le silence. Ces niaiseries nous rendent complices. C'est humain. Du reste, il fallait que je l'aide, le Nours, à préparer ses futures confidences, et à poursuivre son récit. C'est plus fort que nous deux.

— Ouais, tout cela est délimité, dans une boucle de la rivière.

— Les éléphants savent faire.

La pierre qui orne le nez de Precious scintille au soleil. Elle acquiesce à tout ce qu'on dit d'un hochement de tête. Aussi impressionnée que son amant par le grandiose des lieux, l'ampleur du chantier et le secret de leurs opérations.

— Tu sembles dire qu'ils construisent quelque chose, je lui demande, quelque chose comme les temples et les palais du Grand Zimbabwe.

— Non, mais c'est tout comme. Il y a des piles et des tas, et des piles et des tas, tu vois. Presque en rangées.

— Est-ce bien de l'éléphant d'Afrique dont on parle ?

— Oui. *Loxodontha africana.*

— *Elephantus...*

Il ne faut pas être rigoriste. Quand Nours se met au latin, il y a anguille sous roche. Décidément, la conversation commence à devenir glauque. Une causerie scatologique. C'est clair. Parler pendant plus de dix minutes de merde d'éléphant, quand même ! Nours et moi n'avons plus grand-chose en commun, on dirait, à part ce vague plan de projet et des échanges sur quelques sujets scatophiles. Il a dû fumer un pétard de *ganja* (cannabis en langue locale), le Nours. Et tant qu'à y être, Precious aussi.

— Ouais.

— Ouais, je conclus, il faut prendre des notes.

— Il le faut.

Les heures s'étirent sans que d'autres sujets d'intérêt ne se pointent. Le temps est une donnée élastique qui nous enveloppe comme une couverture large et généreuse. Nous ne sommes que des projectiles, des prototypes dont on teste la résistance.

Je jette un coup d'œil aux alentours. J'observe la vie, du haut de notre colline. En bas, le paysage ne se transforme guère. Les vastes étendues prolongent, très loin encore, l'âpre désolation de leurs sables, de leurs rocailles, où s'accrochent péniblement, d'une saison des pluies à l'autre, les toujours maigres broussailles, les herbes desséchées, les arbustes tordus par la chaleur et par la soif et des sacs de plastique déchiquetés.

Dès que le soleil se fera moins impitoyable, on reprendra la piste. Les Italiens sont d'accord. Gian Paolo est encore plus dodu que je ne le croyais. Il s'est départi de sa chemise blanche, et exhibe son obésité sans pudeur. Et toujours son sourire de prédateur.

C'est encore en roulant, le visage picoté par la brise, que la température devient le plus supportable.

28 octobre 1867 — Traversé une contrée littéralement couverte de villages, tous brûlés.

Le jour fléchit. La nuit s'installe. Nous avons pris la décision de rouler encore un peu plus loin, de pousser la démence et les mécaniques jusqu'au bout. La fraîcheur applique son baume sur nos visages cuivrés, tendus comme des peaux de tambour. Dans la nuit sans lune, nous voyons briller des prunelles phosphorescentes. Des ombres furtives détalent à notre approche. Soudain un fourmilier, enfin un oryctérope, bondit vers nous, aussi obscène qu'un cochon qu'on aurait installé sur des ressorts neufs, et traverse la route à plusieurs reprises. Puis, c'est au tour d'une grande hyène, effrayée par nos phares, complètement paralysée, incapable d'échapper à leur emprise. Les chacals, eux, fuient de toutes parts. En musique de fond : un chœur de grillons. Tu vois un peu le paysage de la nuit ?

À cause de cette maudite « planche à laver », c'est évident, nous n'atteindrons Sithole que demain. Le prochain jalon à franchir. Puis, on se trouve devant un premier feu de savane.

Les hérons « goliath » se précipitent en grand nombre près des cendres encore rougeoyantes pour harponner les crapauds et les petits reptiles encore fumants. Un festin tout chaud. À trois reprises, des pintades sauvages, qui traversent le chemin en bande, nous contraignent à stopper. On ne leur touche pas. La viande est si rare, par ici. C'est clair qu'il ne faut pas la gaspiller.

C'est à ce moment que le moteur de la première voiturette cale brusquement. Il surchauffe sans doute. Va savoir ! Nous attendons qu'il refroidisse, observés de loin par des yeux scintillants, entourés de sinistres grognements et de glapissements étouffés pendant que l'autre équipage stationne la sœur jumelle derrière, au milieu de la route.

Puis on repart.

Quelques kilomètres plus loin, nouvel arrêt. Décidément, quelque chose ne va pas. Nous fouillons les ténèbres. Il ne peut être question, pour le duo italien, de chercher en pleine nuit noire, les causes de la panne. Nous décidons de camper là. Le destin a marqué l'emplacement, hospitalier ou pas. Ainsi l'ont voulu les puissances de la nuit africaine. Pas de panique ! Aucune âme en vue, aucun nuage non plus, « still see no evil ». Pourtant, un silence lourd de menaces a envahi la brousse. Une agitation obscure coupée parfois de murmures indéfinissables, d'appels rauques, d'herbes froissées, de plaintes étouffées, de cris pareils à des ricanements.

Le sol est dur et tapissé de petites branches acérées. On a quand même vite fait de s'habituer à ce lit d'épines. Dans les arbres, des babouins aboient pendant que les galagos amorcent leur chasse crépusculaire. Je plante ma tente et, après avoir grignoté un épi de maïs, je me couche. Il est huit heures.

La nuit s'étire dans des ricanements de hyènes et des glapissements de chacals. Bruitage habituel, dans cette région reculée où les Noirs blacks indigènes et les Blancs chasseurs de trophées n'ont pas encore tout tué, tout vendu, tout consommé. Notre feu de camp a dû attirer la curiosité des charognards.

J'entends au loin les éléphants malhabiles qui, aveugles la nuit, font craquer les branches et les arbustes. Le froissement de leur cuir, sur les dernières des feuilles encore attachées aux arbres, a quelque chose d'abrasif. Les éléphants s'agitent dans leur temple. Vie nocturne de la savane livrée aux lois naturelles.

CHAPITRE XI

La pêche de Kombolwe

C'est toujours à Kombolwe et à sa tribu que je reviens finalement, c'est vers elle que Nours et moi on allait sans le savoir. Je l'entends encore parler, la nuit comme le jour. Je la revois, insistante, dominante, obstinée.

Ce jour-là, Kombolwe Mashiloane, Kombolwe la bigote, persiste à nous raconter un nième épisode de sa vie. D'un geste d'une lenteur appuyée, elle se signe de la main droite. Une croix imaginaire à la hauteur des épaules. Elle dit dans son anglais si fluide :

— Cet engouement pour le projet de drainage a certainement coïncidé avec ma suspicion grandissante en ce qui concernait la netteté des pratiques de pêche de mon père. Leur rapport avec les maladies et les plaies diverses qui nous accablaient, du coup, allait de soi.

Nours met la conteuse à l'épreuve :

— Et comment alors, Madame ? Il me regarde comme s'il cherchait mon approbation et il affirme, d'une traite : Nous ne croyons plus aux sorcières ni aux pouvoirs des empoisonneurs et encore moins à la multiplication des petits poissons.

— Très bien, les Petits Blancs. Je vous explique.

Elle prend son air dévoué à la cause, elle a son rôle à cœur, elle s'apprête à nous faire la leçon, à nous les visiteurs, ses clients. Elle va tenter de nous démontrer comment elle, petite fille noire pataugeant dans les lagunes et dans les tréfonds forestiers, comment elle, une pauvre Noire black indigène, elle a eu le courage de défendre la cause de la compagnie forestière et de renier son père, à sa manière ! Enfin, façon de parler !

— Chez les Ungas de mon pays, on pratique toutes sortes de pêche. La plus secrète et la plus interdite est la pêche par empoisonnement des eaux. Mon père, j'en suis sûre, étant membre du conseil des pêcheurs des villages ungas, bien renseigné qu'il était sur les us et coutumes de la région, l'exerçait à l'occasion. En secret.

Tout de suite, je me porte à la défense de ces poissons tués dans leur sommeil, abrutis par ces eaux putrides et brunâtres des lagunes. Sacré margoulin, son père ! Pauvres poissons, mourir dans leur bain vaseux, quelle horreur ! Et dire qu'on les mange, après, ces brèmes, ces tilapias, et ces silures. Avec de la sauce blanche !

— Le poison piscicole, le buba, comme on le nomme, est tiré d'une plante que l'on cultive dans nos potagers quand le niveau des eaux le permet et qui a l'air d'un petit plant de maïs. Je voyais ma mère cultiver la plante interdite, et mon père partir un bon matin avec un panier rempli de feuilles macérées dans de l'eau fraîche. La préparation du poison consiste à moudre les feuilles dans un mortier de pierre, à les faire mariner, pour ensuite lancer la mixture hors du canot dans un étang isolé. Mais dans notre pays d'eau et de marécages sans fin, il n'y a pas de petite étendue d'eau. Alors, la puissance du poison s'étale et se perd, souillant tout et polluant tout.

À ce moment, Kombolwe Mashiloane fait une pause, croque et suçote une racine rabougrie sortie de la poche de son sarrau. Nous sommes tous un peu tannés de son exposé sinueux, mais la passion et les mimiques de la conteuse prennent encore le dessus et nous entraînent vers les abîmes de la suite. Nours montre des signes de recouvrement, les médicaments du docteur commencent à faire leur effet. Je te parlerai plus tard de sa maladie.

— Pour aider les pêcheurs dans leur pêche au buba, continue-t-elle, il y a les *mafinsas*.

— Pardon ? C'est une tribu ? Un groupe rock ?

— Les *mafinsas* sont des plaques d'herbes flottantes, Petit Blanc, épaisses de plusieurs décimètres, sous lesquelles les poissons s'abritent lorsque le soleil est haut dans son ciel. Lorsqu'un pêcheur repère un banc dans les alentours, il le contourne, et retourne discrètement au village. La rumeur se répand alors qu'il faut rapidement préparer du poison. J'ai vu de mes yeux vu… — et là, Kombolwe écarquille les yeux de manière spectaculaire —

… mon père partir, alors, avec un panier rempli de la mixture vénéneuse et revenir quelques heures après avec son canot gorgé à ras bords de poissons de toutes tailles. Des carpes, des poissons-chats, des brèmes, des crevettes, des crabes bruns d'eau douce, et tout le reste… Non, nous ne manquions jamais de nourriture.

Léger silence.

Je ne vois toujours pas le rapport de cette pratique avec sa sympathie pour les projets de la compagnie forestière. Ces projets de drainage titanesques, autant dire, ces complots de pillage à l'échelle du continent.

— Nous n'avons plus le droit de pêcher de cette manière. La loi nous l'interdit, maintenant. Mon père est décédé avant de me livrer tous ses secrets et toutes ses recettes d'antidotes. Mais le poison qui a tué ces espèces a aussi contaminé notre population, notre terre, notre eau. J'en suis plus que certaine.

Je reste coi. Avec les années, j'ai appris ceci : lorsqu'une femme parle, vaut mieux se taire. Et écouter. Surtout lorsqu'elle parle de la figure paternelle. Mieux ne vaut pas détruire la seule image positive qu'elle garde de la gent masculine, cette sous-espèce.

— Pauvre papa. (Soupirs) Sur son lit de mort, vous savez ce qu'il m'a dit ?

— Mmmhhh ?

— Tu es bien laide, ma pauvre fille. Tu ne trouveras un mari qu'en ville. Il te faut quitter cet endroit, quitter le grand marécage, quitter ta mère, et laisser derrière tes frères et tes sœurs Ungas.

Alors là, il faut vraiment savoir se taire. Surtout ne pas acquiescer. Même si Kombolwe Mashiloane, c'est clair, est un pur laideron. Silence et obédience.

— Le coup de grâce. Mon papa venait de m'asséner le coup de grâce !

Et la voilà qui explose d'un rire tapageur.

— Le mal de vivre s'est emparé de moi comme une gangrène. D'un seul coup. Pendant que je vacillais, à genoux devant lui et que je prenais conscience de ma laideur consommée, il s'est penché vers moi, a prié ma mère de sortir et m'a confié ceci :

— Saute dans ma pirogue, prends mon petit filet, Tandabube, ma Petite Araignée. Lance-le dans l'étang des crapauds, attends qu'il tombe dans le fond près de la pierre grise, pas la pierre des tortues, mais celle qui est cachée sous les nénuphars lorsque la crue est haute et que l'eau est immobile. Attends qu'il tombe et que ses mailles couvrent bien le fond. Tire-le doucement vers toi. Prends bien soin de racler la vase. Tu verras. Il y a là quelque chose pour toi, ma fille.

— Sacré Papa ! s'exclame-t-elle. Yebo ! Il avait donné un nom à tous ses filets de pêche. C'est la coutume. Tandabube, sa petite araignée, c'était son filet favori.

Elle continue sur un ton plus grave :

— Il demanda son chapeau à ma mère — il tenait à porter son chapeau de paille —, prit encore une fois ma main, en la serrant bien fort, se retourna de côté, et expira. Ma main était prise dans la sienne comme dans un étau !... Il a fallu utiliser un couteau de cuisine pour défaire son empoigne.

Ça prend un taré pour donner un nom à ses filets, me dis-je. Il faut avoir l'esprit plein de nœuds. Et le coup du chapeau. C'est ubuesque. Mais les mourants, c'est bien connu, lorsqu'ils rendent l'âme, ils s'agrippent à tout. On devrait leur ligoter les mains, aux mourants.

— Je suis restée auprès de mon père toute une journée durant. Ma mère et moi avons beaucoup pleuré. C'est la coutume. Il est parti dignement. Je savais que je ne pouvais rien faire de plus. Et j'ai été très choquée par ce qu'on lui a fait subir ensuite.

Une assistante intervient et s'approche un peu trop, trop familièrement, de Kombolwe pour qu'on s'y méprenne. Il s'agit visiblement d'une cousine ou d'une disciple des enseignements de Kombolwe Mashiloane :

— Chez les Ungas, afin de se préparer au grand départ, on scie nos dents, on les effile, et là, la servante, la cousine, pointe justement les siennes et s'adresse à Kombolwe :

— Comment ça s'appelle ?

— Incisives. C'est ça, yebo. Chez les Ungas, on taille nos incisives en pointe. Comme ça, le souffle, l'âme du mort peut passer par la bouche et partir vers l'autre monde. Yah. Dans cet autre monde, le défunt retrouvera tous ses objets préférés. Yebo.

Et puis, il aura en plus ceux que nous aurons enterrés avec lui. Sa tombe sera une fosse creusée dans une termitière abandonnée... C'est comme ça. Il n'emportera pas ses filets avec lui, ils seront distribués aux pêcheurs de sa famille. Et puis, on laisse le cadavre au moins une journée hors terre.

— Pourquoi ? je lui demande.

Ne répondant pas tout de suite, Kombolwe s'affaire à nettoyer son comptoir et à faire causette à la mère qui vadrouille encore dans son magasin.

— Yebo... C'est pour que tous ceux envers lesquels il avait des dettes puissent repartir sur une autre base. Comme ça, lorsqu'ils passent dans le coin, ils en font leur deuil. Et ils repartent sur une autre base, car l'argent et les dettes, c'est pas bon pour les morts. Yah !

La cousine sourit à pleines dents comme pour s'excuser d'être si brusquement intervenue. Un dentier de piranha lui tient lieu de sourire. J'ai compris. Elle s'est préparée pour son périple vers l'au-delà, au cas où. À chacun son plan de voyage. Comme Precious ?

— Nous avons respecté le rituel, continue Kobolwe la professeure d'histoire. Nous avons adhéré aux coutumes, une dernière fois, juste avant mon départ.

Nours s'est endormi dans une pose presque chevaline. Debout, le ventre projeté vers l'avant, le dos contre la cloison, le bassin complètement déjanté. Il n'est pas bien, ça se voit. Moi, j'endure tout, l'œil ouvert. Comme toujours.

Infatigable, Kombolwe poursuit son exposé.

— Autour du grand étang, plusieurs familles vivaient de chasse et de pêche. Depuis ma génération, on ne chasse plus. Les *lechwes* sont disparus à cause des armes à feu et du manque de boisés. On ne fait plus que pêcher. Mais moi, je ne me sens plus capable d'avaler une seule bouchée de poisson, maintenant. J'en ai mangé pendant trop longtemps. Malgré l'abondance des espèces et les pêches miraculeuses, les morts se multipliaient et les maladies continuaient à progresser et à faire des ravages. J'ai perdu presque toutes mes cousines. Et j'ai perdu ma sœur. Est-ce que je vous l'ai déjà dit ? Yebo. Ça y est, je radote.

Un matin de brume, alors que les étangs étaient tranquilles et que les vents n'étaient pas encore levés, j'ai pris Tandabube, Petite Araignée, le filet préféré de mon père. J'ai mis à l'eau la pirogue et j'ai pagayé une bonne heure jusqu'à l'étang des crapauds. Les crapauds l'avaient déserté, il n'en restait plus beaucoup, on les avait presque tous mangés. J'ai alors dégainé Petite Araignée à l'approche des pierres grises, il y en avait deux, et je l'ai laissée fondre sur sa proie, au fond de l'eau. Un trésor secret m'attendait, tapi dans la vase.

Une servante fait irruption et annonce sans préambule les dates des pèlerinages diocésains et des jubilaires. Un rappel important, il va sans dire. Se faire inscrire au plus vite, au presbytère ou à la direction des pèlerinages. Puis, elle s'éclipse.

Kombolwe Mashiloane reprend son histoire.

— La glaise du fond, le *loam* et les débris charriés par le courant colorent l'eau d'un brun chaleureux. On dirait que l'eau aspire la terre millénaire et les pierres malheureuses, désoxygénées. On n'y voit rien, les varans d'eau douce y disparaissent dès qu'ils plongent. Seules, leurs petites têtes oblongues et leurs narines pointent hors de la surface, ballottées comme des bouchons de pêcheur. Ils avancent, nez au vent et langue pendante, en fouettant l'eau de leurs longues queues.

Ça y est, Kombolwe s'est encore perdue dans un méandre de son récit. Une histoire à structure prégnante.

— Les crocodiles en profitent et se submergent de boue, comme on s'enduit d'une peinture de camouflage, jusqu'au dernier moment avant d'attaquer. L'eau, ici, ne change pas vraiment de couleur, même entre les saisons. Elle arbore toujours sa robe de terre brune. On s'y baigne quand même. Et si un homme se fait mordre, il fait toujours partie de la famille, il reste un frère. Il ne prend pas l'âme du crocodile. On ne croit pas aux hommes-crocodiles comme ces gens des forêts, au nord du Grand Marais. Où en étais-je ?

— Le filet, dis-je.

— Ah oui ! Le filet... Cette eau, je pourrais en parler pendant des millénaires.

Cet intermède m'a tout à fait déplu. Parler d'eau vaseuse, c'est pas mon truc. Écouter quelqu'un d'autre en parler pendant des millénaires, encore moins. Mais il n'y a alors pas moyen que ça finisse, son récit. À moins de quitter la boutique, mais ça nécessiterait un effort, et comme il n'y a rien d'autre à faire dans cette ville, je reste là, toujours debout, accoté au mur. Las. J'ai à nouveau le fixe.

— Quelques minutes plus tard, je remontais la clef de ma réussite professionnelle. Je trouvais la porte de sortie de ce village où j'ai passé toute mon enfance. Dans un petit sac crocheté, en mailles métalliques, taillé dans de vieux arceaux de pneus, j'entrevoyais un deuxième sac, celui-là de cuir détrempé. Dedans, il y avait toutes sortes de pierres multicolores : rubis, grenats, diamants bruts et émeraudes.

Moi, les histoires de fortune et de gains en capitaux... Ça n'arrive qu'aux autres, c'est clair. Et puis, il faut savoir où lancer ses filets. La pêche en eau trouble, c'est un coup d'épée dans l'eau. Allons nous-en.

Kombolwe insiste pour que je reste. Son geste trop large, presque engourdi. On m'apporte un tabouret.

— Je ne savais que faire de cette fortune, ignorante que j'étais des lois d'un monde d'argent et de commerce, alors je l'ai enfouie sous ma couchette à quelques centimètres de profondeur, au cœur de la termitière désertée et j'ai attendu.

Je m'assois. Autant se taire et regarder le petit rayon de lumière qui balaye les poussières en suspension pendant que Nours croupit dans son problème.

— On ne m'avait jamais rien appris de la gestion

de fortune. En langue unga, le mot fortune n'existe pas. Je savais gérer le bien familial. Ça se résumait à l'entretien des filets, des agrès de pêche et de la batterie de cuisine. Je ne savais pas très bien ce qu'il fallait attendre ni combien de temps j'allais attendre. Je savais encore moins estimer la valeur de ce minuscule tas de pierres précieuses.

La gestion de fortune, parlons-en. Je n'ai jamais rien compris à ça, non plus. Attendre, ça, par contre, je sais faire. Kombolwe me fait attendre. Elle nous fait carrément poireauter. J'en déduis qu'elle sait attendre. Et rien qu'à voir sa boutique, tout de même, elle a réussi. Elle a un bon commerce.

— La nuit, lorsque j'étais envahie par la fatigue et les songes, je me voyais couverte de bijoux aux côtés de mon père. Comme dans les revues populaires qui parvenaient jusqu'à nous, à l'occasion. Mon papa et moi, dans mes rêves, nous souriions à pleines dents et nous nous racontions des histoires de maladresses anodines, assis tous deux sur sa pirogue retournée, les pieds dans l'eau, à regarder le soleil se coucher. Sortie de mes rêves par le dur soleil du matin et l'appel de ma mère qui me rappelait les obligations de la vie de jeune femme dans un village unga, je quittais le coussin douillet des rêves pour affronter la dure réalité de l'étang.

Et l'impôt ? A-t-elle seulement déclaré cette fortune ? Et ces recettes provenant de l'affermage des cours d'eau ? Ces recettes doivent être déclarées dans la section « fermages encaissés ». C'est bien malheureux. L'impôt sur la fortune nous prend tout.

Il faut croire qu'elle contrevenait au règlement, la Kombolwe.

Las, je suis las et épuisé de ces histoires et de tout le reste. Qu'est-ce que ça peut bien me faire qu'une fillette perdue dans sa parcelle de végétation flottante, au mileu d'un étang dont la superficie a la taille d'un petit pays d'Europe, déclare ou ne déclare pas une poignée de pierres précieuses ?

— Je voyais bien les explorateurs blancs offrir des articles en échange de quelques-unes de ces pierres que certaines femmes portaient autour de leur cou. Comme dans les revues populaires. J'attendais l'occasion. Les années passèrent. À chaque changement de site, lorsque la terre devenait impraticable et que le sol cédait sous nos pieds, je creusais pour récupérer mon trésor et je le rangeais méticuleusement avec le reste de mon avoir. Au fur et à mesure, j'observais les fluctuations de la valeur des pierres que les femmes troquaient. Personne ne m'écoutait, dans ma famille !

Alors elle prend une douce revanche, que je me dis. Nous sommes ses prisonniers, ses victimes. Voilà ce que ça donne, dix ans de refoulement.

— Un jour des missionnaires m'ont embarquée avec eux dans leur chaloupe à moteur. J'avais dix-sept ans. J'allais à l'école de la brousse depuis quatre ans. Je ne suis jamais revenue dans mon village. La pêche avait été bonne pour moi.

CHAPITRE XII

Messe noire à l'aube

Le matin, comme d'habitude, je me suis levé avant tous les autres.

Juste un peu avant l'aube. Malgré ce raidissement des vertèbres lombaires qui me vrille le dos, je suis sorti pour prendre l'air. Les Italiens dorment encore à poings fermés, puisque je ne les entends pas jacasser. Nours et Precious font de même. Après les musiques de la nuit, tout est silencieux. J'ai quand même hâte qu'on lève le camp.

21 novembre 1867 — Après trois mois et dix jours d'attente, nous avons quitté aujourd'hui le village de Tchitimmba.

Assis sur une termitière, je regarde le soleil se lever sur le «veld», cette savane arborisée. Des *hoopoes* noirs dont on devine les longs becs recourbés rouge vif, se relaient d'arbustes en arbustes en ricanant comme des sadiques.

Plus bas, dans le vallon, un autre lit de rivière, des hommes affairés se dégourdissent les membres. Ils semblent gelés et se serrent les uns contre les autres autour d'un feu bien chétif, qu'ils alimentent avec des brindilles d'acacia et des arbrisseaux.

Hier, nous ne pouvions les apercevoir de l'endroit où nous avons établi notre campement. Il faut être assis là où je suis, sur cette petite butte de terre rouge. De là, on peut tout voir. Ils semblent se réchauffer du mieux qu'ils le peuvent.

Les nuits d'hiver sont froides au mois de juin, en Afrique subsaharienne. Il n'y a jamais eu autant de feux qu'en cette année, prétendent les villageois. Il a même neigé abondamment dans le Drakensberg du Sud. Des froids record pour la région. Et la sécheresse a désespérément ratatiné les plantes les plus juteuses. Les herbes hautes ont jauni comme du vieil ivoire et perdu toute leur souplesse. La famine s'est installée comme un halo de malheur. On ne rit plus. Un hiver sec et froid, aucune goutte de pluie depuis quatre mois et des températures constamment sous la normale. Dans un pays où la tuberculose fauche les jeunes comme les vieux, l'hiver a pris les traits d'un géant insensible qui frappe partout. Un mauvais dieu qui châtie les hommes et les bêtes.

Du sommet de la colline où je me suis déplacé, je peux observer les moindres gestes de chacun des hommes du groupe. Ça doit être des itinérants. Le genre de sans-abri qu'on chasse de terre en terre. Le genre qui exaspère les propriétaires fermiers et les villageois. Le genre voleur, qui fait main basse sur toutes les choses essentielles de la vie. Des pillards. lls sont environ cinq, vêtus comme la plupart des Africains noirs indigènes : couleurs sombres à l'occidentale et tuque qu'ils gardent enfoncée sur les yeux toute la journée durant.

Ils parlent peu. Du moins à cette distance, je ne peux les entendre distinctement. À tour de rôle, ils s'échangent une cigarette ou un joint de *ganja*. Le plus petit des cinq a l'air de vouloir sans cesse engager la conversation, les autres lui répondent. Un ou deux mots, une petite phrase et la conversation s'estompe, et elle reprend quelques instants plus tard, et elle s'estompe encore comme une espèce de crépitement timide. Des étincelles de conversation aussi frêles que celles de leur feu. Je les vois, comme je te vois là. Moi aussi, je gèle. C'est toujours peu avant l'aube que le froid devient le plus mordant.

Le plus bavard des cinq vient de jeter une grosse branche touffue et noueuse. Les flammes exécutent leur danse rituelle. Le feu va prendre des forces. C'est à ce moment qu'ils découvrent le petit bout de femme qui s'amène sur le sommet de la colline. Ce doit être une écolière qui prend un raccourci, à travers les champs, pour aller rejoindre le chemin, derrière la butte rocailleuse. Ce chemin relie le village de Toghwana à celui de Malalangwe.

Comme la plupart des jeunes filles qui vont à l'école du village voisin, elle marchera presque deux heures avant d'aboutir sur les bancs d'école.

Elle s'y obstinera toute la journée et se contentera d'un maigre épi de maïs pour déjeuner. Un seul. Puis, elle retournera chez elle, une maisonnette au toit de paille et aux briques de boue séchée. L'école est une bénédiction pour elle. Elle va peut-être échapper ainsi au rouleau compresseur des traditionnels métiers manuels. De durs métiers qui te traversent le corps avec la fatigue et la maladie, qui te rident la peau jusqu'aux os.

Ce n'est peut-être pas une écolière. Peut-être s'en va-t-elle travailler chez le propriétaire d'une ferme voisine, où elle fera le ménage et l'entretien de la propriété. Où elle se fera mener comme une automate par le charitable fermier afrikaner. « Who cares anyway ? »

Elle approche maintenant du groupe qui, étrangement, s'est resserré comme une anémone sur sa proie. Je commence à me douter que quelque drame se prépare. Même si les hommes sont à plus de deux cents mètres de moi, je devine leur intention malsaine. C'est clair. Je peux lire le malaise de la petite sans défense dans son pas hésitant. Devrait-elle s'engager dans cette direction ? Doit-elle leur faire confiance ? Elle a l'air de penser que oui. Elle doit pourtant se tromper, c'est clair, elle confond ces dangereux étrangers avec des hommes de sa commune.

Le feu s'est apaisé.

Et l'anémone s'est ouverte. Le groupe laisse s'échapper le plus grand des cinq hommes. Il se lève promptement et va à la rencontre de la fillette. Ses habits coupés amples le rendent vraiment imposant. Ah, non ! Elle s'est arrêtée. Courir, il faudrait courir. Trop tard. Il la saisit par les bras. Il la rue de coups. Il met sa main sur sa bouche. Les cris s'éteignent. Elle sait déjà ce qui l'attend. Elle subira. Silencieuse, effarouchée. Cinq contre une. Courir, il faudrait courir. Le cercle s'est refermé sur elle, la voilà prise comme dans un étau. L'agresseur baisse sa combinaison. Elle ne crie plus. Elle ravale sa souffrance. Terrorisée. Tremblante.

J'ai dévalé à ce moment la pente comme un *tsessébé*. C'est une antilope extrêmement rapide, en fait la plus rapide de toutes. Et je n'ai pu qu'imaginer le reste. Ils lui arrachent tous ses vêtements. Ils se relaient, l'écartèlent et la frappent. Ils la passent au cash. Viol collectif. Ils s'amusent, c'est évident. Et le pire est probablement à venir. Mais voilà, trop tard, déjà, imagine le reste. Le pire. Sales, huileux et infectés en elle. Déjà, rongée de l'intérieur. Sida, chlamydia et compagnie. Et ils se remettent à attiser les flammes. Ils empilent du bois, des branchailles. D'une façon frénétique. Ils préparent la suite de l'orgie. Vont la torturer, la souiller, urine, crachats, insultes.

Pendant que le groupe reprend ses énergies, je la vois qui rampe tant bien que mal pour s'éloigner. Comme une bête qui meure au bout de son sang, elle se traîne de bloc rocheux en bloc rocheux. L'aube s'achève. Comme d'habitude, dans quelques minutes, le soleil va se jeter comme une proie sur cette terre rouge d'Afrique. Quelque part, elle est déjà morte, puisqu'elle va mourir.

J'ai dévalé cette pente comme une antilope effrayée et peu sûre de son camouflage. Ils ont à peine interrompu leur séance de torture. Quelques coups de branche bien placés m'ont suffi. Je n'ai pas vu le soleil se pointer ce matin-là derrière la termitière, ni les visages de mes assaillants. J'étais étalé sur ce sol limoneux, inconscient, inutile. Ma main droite fermée encore machinalement sur la boue de ce sol rougi.

Personne, il n'y avait plus personne lorsque j'ai ouvert les yeux. La pluie tant attendue bénissait cette terre d'un fin crachat. Il pleuvait.

Femme noire,
Femme obscure,
« One day you're a diamond,
next day you're a stone ».
Pierre cassée un jour,
Pierre cassée tous les jours,
J'aurais tant aimé
te défendre, te comprendre, t'aimer,
Te protéger de ta terre à toi.
Ainsi soit-il.
Pardonne-moi.

CHAPITRE XIII

La maladie de Nours

Les pluies de la nuit ont transformé les dépressions en mares souvent impossibles à éviter. Les voitures seront bientôt couvertes de boue rouge. Nous perdons plusieurs heures. Plus loin, une crevaison vient encore nous retarder.

Petit à petit, la savane fait place à la forêt. Le paysage embellit. Ou peut-être n'est-ce qu'une impression ? Que l'effet imaginaire de la pluie sur cette terre meurtrie, repliée depuis trop longtemps sur son dernier souffle ? Assez de compassion. La végétation, ici, repousse comme de l'herbe à poux. Avec toute cette pluie, c'est désormais inévitable. Bientôt, il y aura tellement d'eau que les silures et les poissons-chats nageront sur les trottoirs, dans les parcs, dans les jardins de la ville et de ses faubourgs.

Je repense au viol collectif. Je ne ferai pas l'oraison funèbre de cette fillette. Après tout, je ne la connaissais pas. Je n'ai pas à le faire. Et puis, on n'est pas des soldats, quand même. Ni des prêtres. Quelqu'un d'autre le fera. Du reste, je ne sais même pas ce qu'il en est advenu, de cette petite paysanne. Je revois la scène de l'agression et les images repassent dans ma tête comme on visionne un film en accéléré. Elle a comme disparu dans les plis de la pellicule.

Gian Paolo conduit toujours en tête. Precious est muette. Cet épisode du viol, elle connaît bien. Nombre de ses amies d'enfance l'ont subi. Plus de cinquante mille viols déclarés par année en Afrique du Sud ! Au Zim, ce doit rester dans les mêmes proportions. C'est malheureusement passé dans les us et coutumes. Aujourd'hui vêtu de noir, Nours, lui tient la main.

> *1er décembre 1867 — Mis en marche de bonne heure ; la pluie tombe à verse. Pays ondulé ; buffles nombreux. Nos gens ramassent des champignons et des racines qui ressemblent à des navets.*

À l'approche de Bulawayo, on dirait qu'un mauvais dieu de la brousse a lancé, au hasard, de gigantesques blocs granitiques. Lourds de plusieurs tonnes, ronds comme des billes, d'une circonférence qui varie de cinquante à deux cents mètres, ils sont disposés à la manière d'un jeu de pétanque cyclopéen, étalé sur plusieurs dizaines de kilomètres, au milieu d'une pseudo plaine poussiéreuse. Le granit est gris. Le sol, ce vomi boueux, toujours rouge. La route est longue et le ciel bas. Les nuages se traînent sur la terre, péniblement.

Les heures passent dans une douceur amère. La bise souffle un petit crachin qui met rudement à l'épreuve les essuie-glaces désossés des voiturettes italiennes. Il ne doit pas pleuvoir beaucoup dans le Piémont, ou alors le caoutchouc nécessaire à la fabrication des essuie-glaces vaut son pesant d'or et on utilise les boyaux et les abats de boucherie.

Nours et moi, nous devons réviser le *master plan*. La phase « parasite » tire à sa fin. Une nouvelle version s'impose, plus adaptée aux récents événements et à la nouvelle donne. Il faut enregistrer les exploits et les ratés, les imprévus du précédent tirage. Il faut amender le plan, y inscrire une section « pirogue sur le tronçon Bulawayo — Océan Indien ». Après quoi, on pourra réévaluer le chemin critique, les tâches qu'il nous faut absolument accomplir pour atteindre l'objectif. Mais qu'on se le dise : Vivement la balade en pirogue !

Jusqu'à Bulawayo, la route est un véritable cauchemar. Du moins celle que nous avons prise. Après les blocs granitiques, c'est la désolation africaine. Les villages en banlieue de cette agglomération n'ont rien de séduisant. Sur des kilomètres se succèdent des cabanes lépreuses, de la savane, puis d'autres cabanes. Les minuscules baraques entassées le long des rues et des impasses tortueuses arborent toutes les mêmes matériaux bon marché, les seuls que leurs bâtisseurs ont pu trouver.

Dans la nouvelle banlieue, celle qui ceinture la vieille ville, c'est un chaos organisé où la population essaie de vendre ses produits. En toile de fond : une fumée blanche et étouffante provenant de la flopée de taxis et de minibus qui coursent sur la terre battue. Ben de la boucane ! Ben du bruit ! S'empilent sur les semblants de trottoirs quantité de petits stands de toile, de carton, de feuilles cirées, souvent sans toit ni chaises, soutenus par des bâtons, des tringles, des cordes et des ficelles de toutes les couleurs. Le sol est jonché de débris et de sacs de plastique, la plupart jaunes et bariolés. Ça fait un peu poubelle, selon les normes helvétiques, but « life goes on ». Et malgré tout, le sourire est sur toutes les lèvres.

Nos pilotes italiens ont dû rater un virage quelque part, car nous voici tout à coup dans un dédale de ruelles tracées par des poules et des chèvres. Cette banlieue a tout l'air d'une ville confuse, un peu comme une main ressemble à l'autre. C'est une sorte de chiralité urbaine. Une banlieue chirale, si tu préfères, de « keir », yebo, qui signifie « main » en grec. Une banlieue qui tenterait d'avoir la même allure que sa ville-mère.

Superposition chirale ou non, cette banlieue tentaculaire, typiquement africaine, reste incompréhensible pour nous, les touristes étrangers, les citadins. Pourtant, banlieue d'ici ou d'ailleurs, elles se ressemblent toutes. Un produit factice né de la rencontre de tribus différentes et semblables : c'est ça, la banlieue.

Après les ruelles tracées par les coquelets, les ânes et les chevreaux, nous regagnons les voies principales. Enfin ! Plusieurs kilomètres plus loin, la misère s'estompe. Nous voici parvenus au cœur de la cité. Bulawayo, ville mythique, tout de même. L'antichambre du pouvoir au Zimbabwe.

Le panneau indiquant Bulawayo, écriture noire sur rectangle blanc, vacille au vent et grince comme une vieille porte rouillée. Bulawayo est un mot d'origine Tswana qui signifie « lieu du massacre ». Un passé sanguinaire explique ce nom. Bienvenue ! Quand même.

La ville, elle-même est assez facile à comprendre. Son plan a été revu et corrigé sous le régime anglais. Les quartiers du centre-ville sont maintenant quadrillés par des rues qui se coupent perpendiculairement les unes les autres, selon un pattern répétitif et régulier. On se croirait à New York, gratte-ciel et taxis jaunes en moins. Plan carré. Avec des maisons négligées qui rappellent, tant bien que mal, une vague architecture victorienne. Elles côtoient de minables parkings de terre battue, parsemés de blocs de ciment épars et de plantes grasses esseulées. Ces ruelles boueuses, et puis ces belles villas coloniales, où la vie a dû, en d'autres temps, être facile et douce ; ces parcs, ces arbres et ces fleurs, ces larges avenues, trop larges pour un trafic clairsemé : tout cela dégage sous le crachin tiède une atmosphère de langueur tropicale.

L'arbitraire de cette cohabitation de la banlieue pauvre et de la ville coloniale fait de Bulawayo le symbole de la cité africaine. Voilà, j'ai dit. C'était quand même expliqué avec passion et ferveur. Un peu long ? Expliquer, c'est un métier.

1er novembre 1869 — Je me suis efforcé, dans ce voyage, de suivre inflexiblement la ligne du devoir. Ma conduite a été droite, si ma route fut tortueuse. Tous les obstacles, la faim, la fatigue, ont été acceptés avec la ferme conviction que je devais persévérer dans ma tâche. Que je réussisse ou non, j'aurai suivi le droit chemin avec calme et conscience ; la perspective de la mort ne m'en détournera ni d'un côté ni de l'autre.

Nours souffre énormément.

Il a su garder le silence à propos du mal embarrassant qui le ronge, mais maintenant, il n'en peut plus. On dirait qu'il va exploser. À voix basse, le teint verdâtre, il me confie qu'il cultive un jardin potager en dessous de sa ceinture. Que son appareil reproducteur est gonflé comme une grosse courge molle. Il ajoute que ses parties génitales ont l'allure de fraises pustuleuses et qu'une rainure vineuse est apparue sur la nervure principale de son membre. Une sérosité sanguinolente, voilà les symptômes en résumé. Un chancre aux apparences syphilitiques…

— Et tu ne peux pas imaginer combien ça me démange. Plus je me gratte, plus ça devient insoutenable, se plaint-il à voix basse, recroquevillé sur lui-même. Tu vois, quoi…

En fait, je suis tellement surpris par l'aveu que je déballe une réponse qui n'est rien d'autre qu'un lieu commun :

— C'est pas vrai !

— Que faire ?… c'est l'horreur. Je vais mourir. Ce mal va me ronger jusqu'à la fin de mes jours…

— Mais non, mais non, je lui réponds du tac au tac, il doit bien exister un remède. Il existe un remède, j'en suis convaincu.

La faiblesse peut être homicide. Je suis trop fier de Nours pour écouter ses lamentations. Il faut lui redonner confiance en lui. Parole d'hypocondriaque.

— Mais alors que dois-je faire ? À quelle porte frapper ? Nous ne sommes que des visiteurs, que des touristes. On ne connaît personne ici.

— Je ne suis pas médecin, je suis nul en « bobologie ». Ce qu'il t'aurait fallu, c'est une prescription pour un sirop antivice…

— Ça m'avance beaucoup.

— Je peux te poser quelques questions ?

Il hoche la tête. Et continue de cligner des yeux comme un rat, un pauvre rat galeux. Le soleil n'est plus aussi intense maintenant qu'il pleut, mais nous conservons tous deux cette idiosyncrasie du temps où tout rayon lumineux nous blessait. Et nous n'avons plus de pharmacie de voyage.

25 octobre 1870 — […] La forêt est si épaisse qu'on ne les a pas vus partir ; ils s'en vont avec tous les plats, un boîte de poudre, un sac de cartouches, deux armes à feu, des outils et de la farine achetée si cher. Mais le plus grave reste la perte de notre pharmacie. J'en suis ému comme d'une sentence de mort.

Je me dis en moi-même que le seul fait de poser une question doit quelque part réconforter le malade, lui permettre de s'ouvrir à l'autre, lui donner un quelconque espoir. Mais je ne suis pas très connaissant en la dite matière, la chose ne m'a jamais beaucoup intéressé. Par où faut-il commencer, jusqu'où faut-il remonter, jusqu'où faut-il descendre ?

Je m'arme de courage et commence l'inquisition intime. Au fil des questions, son angoisse augmente. Finalement, il me balance un :

— Mais alors, les médicaments, les progrès de la médecine, la chimie nucléaire ? Tu ne crois plus en cela… ce n'est pas possible !

Je viens de faire fausse route. Après tout, mon amitié a parfois ses limites. J'essaie de redresser la situation.

— Je ne sais pas. Non, pas vraiment. Certainement pas à Bulawayo.

— Mais alors, que veux-tu me dire au juste ? Que je suis condamné ?

Encore un silence.

— Non, rien… enfin, ce n'est pas tout à fait ça,

ce n'est pas ce que je voulais dire, pas vraiment. Il faut faire le vide, vaincre le mal par l'esprit.

— Mais alors, enfin, que veux-tu me dire ?

Silence.

— Il faut aller voir un chirurgien.

— Un chirurgien ?

Silence.

— Tu plaisantes, j'espère, dit-il laconique.

— Non, pas vraiment. Je connais le mal dont tu souffres. C'est documenté.

— En tout cas, pas dans notre plan de projet, je n'ai rien vu là-dessus.

Encore un silence.

— Tu es sûr que tu veux m'entendre ? Tu peux toujours prendre ton mal en patience… et attendre. Peut-être que ça passera…

— Penses-tu que ça soit possible d'attendre, et que ça va arranger les choses ?

— Non, pas vraiment. J'en doute, mon vieux, j'en doute beaucoup.

— Mais alors, pourquoi me faire perdre mon temps ? Dis-moi ce qu'il faut faire ! Je vais imploser, c'est intolérable ! Regarde mes yeux, le vert a gagné le blanc. Ça va remonter au cerveau, et je vais mourir attaqué aux deux extrémités, les seules qui puissent compter ! Tu es mon seul ami. Dis-moi la vérité. Agis comme un ami, je t'en supplie.

— Encore une fois, je ne suis pas sûr de mes sources, la médecine a évolué depuis Livingstone.

— Pas encore ce type !

— Tu veux toujours savoir ce que j'en sais ?

— Vas-y.

— Veux-tu commencer par les bonnes ou les mauvaises nouvelles ?

— Commence par les mauvaises, réserve les bonnes pour la fin.

— La mauvaise nouvelle c'est que l'infection dont tu souffres est connue depuis belle lurette. Elle est très répandue dans ces régions subsahariennes. Ça s'appelle *hypermyces lacti putrescens*. En tout cas, à ce que je sache… Le premier cas connu remonte à 1840. Le tout est relaté avec précision dans son livre *Visionary Travels in Southern Africa*. Nombre de ses hommes en sont morts. Mais rassure-toi, la médecine a progressé…

— Ça me rassure…

— La peau de la région pubienne se transforme petit à petit. Éruption squameuse, au début, puis « l'exoderme » se métamorphose en quelque chose de plus en plus putride, pour finalement adopter une texture cireuse, incolore, exsangue presque. Le sang cesse petit à petit de couler dans ces endroits-là, ceux du bas-abdomen. L'urine remonte vers le haut à défaut de pouvoir s'écouler. C'est un peu comme l'hiver dans les régions des hauts plateaux. Les torrents, qui apportent les liquides nécessaires à la vie sous toutes ses formes, s'assèchent. Les gonades, en mal de fluides, se gonflent jusqu'à la taille d'une petite orange, pour enfin tomber comme des fruits murs gorgés de pépins secs.

Nours ne dit plus rien.

— Tu as entendu parler de la goutte ?

— MMmmhhh, répond-il, absent, l'air hagard.

— Les symptômes sont à peu près identiques, mais en version pestilentielle et moins grasse.

Après un long silence :

— Un chirurgien ?... Que pourrait-il-tenter ?

Je retarde un peu la réponse.

— C'est vrai. Il doit bien y en avoir ici à Bulawayo. Et ils doivent avoir de l'acétyle aménophène ou du paracétamol pour calmer la douleur.

— C'est quoi ce truc ?

— Comme de l'aspirine.

— De l'aspirine ?

— Oui, de l'aspirine.

— Mais il me faut de l'héroïne ! ou quelque chose du genre, crie-t-il, à la limite de l'incrédulité, tu vois, quoi !... la mégadose calmante. L'aspirine c'est pour les gosses...

— Non, pas vraiment. Enfin. Peut-être.

— Comment ça : pas vraiment ?

— La bataille est psychologique. Je ne le répéterai jamais assez. Le tout, c'est de ne pas y penser... et le mal se résorbera.

— Tu parles !

— La maladie est quelque chose comme une punition, une épreuve qu'on s'impose.

— Encore une connerie, tu n'as vraiment rien compris ! Il crie encore.

Il prend ensuite un de ces airs lucides, le genre d'air que seuls les grands médecins de cette terre peuvent se permettre. Il me scrute de son regard clairvoyant et tente lui aussi de repousser le mal.

— La maladie est peut-être un repos que l'on s'accorde pour mieux plonger dans le moi profond, un moment où notre psyché baisse la garde.

— Tu m'épates, même dans ta détresse, je reconnais ton courage et ton éloquence…

— Une sorte de moment d'inattention si l'on veut. Un voyage transcendantal vers l'intérieur.

— Que puis-je ajouter ? De la punition que l'on s'inflige au pardon que l'on s'accorde, il n'y a qu'un pas. Nous n'en sommes qu'à la deuxième station. Qu'à ce point précis sur la carte psychophysiologique, là où un moment d'inattention s'est installé, entre le vide de la chair et de l'esprit.

— Autant la mettre dans notre plan, la maladie, jappe-t-il, ironique.

— Laisse tomber. Concentre ton énergie sur ta pathologie. Le pourquoi. Les initiatives à prendre pour te soigner mentalement et physiquement.

— Il n'y a rien d'autre à faire ?

— L'opération. Et l'opération se passera bien, j'ajoute d'un ton presque maternel.

— Rien d'autre ?

— Rien d'autre.

— Mais alors que va-t-il essayer avec son bistouri crasseux, probablement infecté par vingt-sept maladies ?

— La grosse opération.

— La grosse opération ?

— Ça ne fera pas mal si les analgésiques sont disponibles et font leur effet.

— Merci des précisions… et je vais chanter

comme un rossignol en me posant sur mon perchoir le matin.

Des yeux je cherche des pancartes aux portes, des inscriptions à l'allure médicale, mais inutile ! Il faudrait plutôt chercher des drapeaux aux couleurs vives perchés sur les poteaux qui surplombent les cases. Car à Bulawayo, c'est le signe d'un service médical, d'un herboriste ou d'une sangoma (guérisseuse).

Assez parlé, il faut passer à l'action.

CHAPITRE XIV

Le docteur Bandwit

Ancienne capitale d'un royaume concurrent de la « négropole » d'Harare, Bulawayo a su progresser selon sa propre logique, ses propres édits et ses lois singulières.

L'homme y habite depuis plus de 100 000 ans. Gravitant autour de la ville, nombre de seigneurs féodaux du quatorzième au dix-septième siècle ont régné sur des terres de dimensions surnaturelles, et créé les États de Torwa et Rozwi. Tout y poussait, à part les arbres à spaghetti et les cerisiers. Car, c'est bien connu, les cerises sont capricieuses.

Cette économie agricole a donné naissance à une ville florissante, où tous les corps de métiers traditionnels et autres prospéraient. Profondément « black » et révoltée, une pseudo-bourgeoisie unique en son genre est née, ayant su assimiler les technologies européennes, tels l'automobile et le téléphone, tout en restant profondément respectueuse des us et coutumes traditionnels, telles les pratiques sacrificielles des sangomas et l'obscurantisme des chamans ou des « witchdoctors ». Aujourd'hui, Bulawayo n'est que le parent pauvre de Harare, la capitale sans âme du pays.

25 mars 1873 — Trois mille personnes au marché. L'animation est extrême ; les pêcheurs vont et viennent, portant des brochettes de petits silures fumés ou d'autre fretin ; ou bien des vases remplis d'eau avec des lépidosirènes, qu'ils sortent à moitié pour montrer combien leur poisson est gras. D'autres courent çà et là avec des fragments d'écuelles pleins d'escargots de deux espèces, ou de fourmis blanches grillées ou frites. On trouve là du grain, du manioc, de la farine, des légumes, des bananes, de l'huile de palme, du sel, du poivre, de l'étoffe tissée avec de l'herbe, des nattes, des paniers, de la volaille ; tous les produits du pays ou de l'industrie des habitants. Chacun se débat, affirmant la bonne ou la mauvaise qualité du produit.

On abreuve les voiturettes. Et après les avoir stationnées dans une rue secondaire, loin de la foule, on récupère nos bagages et chacun va son chemin. Les Italiens ont affaire chez les marchands officiels et doivent visiter la bibliothèque pour une quelconque recherche ethnologique sur l'espèce humaine. À moins que ce ne soit sur les rats ? Pour tout dire, ils ont décidé de nous quitter, les Italiens. Nours, Precious et moi restons dans le peu d'ombre qu'un jacaranda aux fleurs mauves fanées projette sur le véhicule. La pluie a cessé.

Le docteur Bandwit est un chic type. Il accepte de nous recevoir au milieu de son heure de lunch, alors que la moitié de la ville roupille. Il doit rechercher des cas comme celui-ci. On serait porté à dire qu'il a pris de l'âge précipitamment. Il flotte un peu dans ses habits officiels. Son dos voûté, sa stature de géant, ses mains ridées, l'absence de pomme d'Adam, ses cheveux mal coupés témoignent d'une vie intense passée au chevet de ses malades. Mais son pas est encore vif. Derrière ses lunettes épaisses, il regarde ses patients comme s'ils nageaient dans un aquarium ou en état d'apesanteur.

— Asseyez-vous, je vous prie.

Nours s'assied avec moi sur un banc de bois dur, noir aux marbrures jaunes, probablement du *tamboti*. C'est absolument inconfortable, mais je nous estime chanceux d'être reçus à cette heure-ci par un digne représentant du corps médical professionnel. Me voilà rassuré. Discrètement, je me retire. J'attendrai dans le vestibule, non moins bien assis, sur un autre banc du même genre, à portée d'oreille.

La voix du docteur Bandwit est un peu lasse. On pourrait croire que c'est à cause de son âge, mais il ne doit pas avoir plus de cinquante ans. C'était énorme il y a un millénaire et maintenant, c'est à peine l'âge des premiers dérapages de l'ADN et le début des erreurs en série dans la fabrication des cellules. La cinquantaine, aujourd'hui, voit briller les derniers bourgeons. Et la fleur éclot dans la soixantaine. À ce qu'on dit.

Mais il y a cette lassitude inexplicable. Peut-être est-elle le produit fini des régions subtropicales, de la chaleur étouffante, des gastro-entérites à tous les changements de saison, des visites nombreuses et inutiles de ces mêmes patients qui reviennent obstinément à tous les mois, bouchés à l'émeri ?

Peut-être cette lassitude est-elle le produit des recettes de vieux Africains, à base de scotch et d'alcool forts, remède connu pour apaiser les malaises provoqués par les poussées presque imprévisibles de fièvre et de malaria ?

Le docteur Bandwit est rongé. Un jeune vieux. Ses cheveux noirs présentent de petits filins graisseux sur ses tempes. Ses yeux ont creusé de profonds sillons dans leurs orbites. Son regard flotte, évasif, voire presque détaché des personnes et des objets de ce monde.

Dans mon coin, je m'inquiète. Le monologue intérieur reprend. Je ne sais pas, Docteur, je ne vous connais pas, Docteur, je n'ai jamais rencontré personne de votre espèce encore dans ce monde matériel, encore moins dans les livres. Votre lassitude est-elle liée à un vieux secret ? Un secret bien gardé de toxicomanie « in the land of plenty », qui a fini par avoir raison de vos nerfs, quand le tremblement des mains s'installe pernicieusement ?

Docteur Junky, « give me another fix ». On sera en famille, Nours pourra obtenir toutes les prescriptions qu'il désire, jusqu'à ce que mort s'ensuive, consumé par son éruption cutanée sanguinolente, grugé de l'intérieur par la peste version temps modernes, mais bien lancé en orbite dans son paradis artificiel.

Il faut tout de même l'avouer, Nours et moi, nous étions continuellement gelés. Avec le pot, on avait encore et encore faim. C'était la faute des autres, évidemment. De ceux qui nous avaient vendu toute cette « droille », toute cette *ganja*. Et c'était aussi leur faute si nous avions si terriblement faim. Ils n'avaient pas préparé nos sandwichs pour la pause midi, les pushers, disons. On ne s'était pas arrêtés au restauroute à temps, mettons. Nours et moi, bref, on n'était pas préparés à affronter la faim. Elle nous tenaillait, la maudite, et on avait soif, en plus. Mais Nours était malade. Il fallait le soigner. C'est pour ça qu'on était là, dans ce cabinet, à subir des examens, pour que Nours aille mieux. Et puis, ensuite, on irait tous au MacDo. Parce qu'on avait faim.

10 janvier 1867 — Hier je n'avais pas de farine, et Simon m'a donné un peu de la sienne. Ce matin, même chose : et c'était tout ce qu'il lui restait ; il est parti à jeun. J'ai serré de trois trous ma ceinture pour être moins affamé.

Des questions courtes et sèches fusent à travers la porte qui est restée entrebâillée. La voix profonde de Nours résonne sur les murs et sur le plancher de bois. Après ce long parcours, elle m'arrive ouatée, presque inintelligible. Celle de Docteur Canif arrive comme un télégramme. Cette demeure est la sienne et sait reconnaître la voix de son maître.

C'est une de ces vieilles maisons coloniales construites pour des géants par des géants. Il a dû la recevoir en héritage de son arrière-grand-maman ou quelque chose du genre. Tous ces bibelots du passé sur les étagères, toutes ces vieilles assiettes de porcelaine accrochées aux murs recouverts de papier peint, les plafonds surélevés, mais peu travaillés, n'arrivent pas à absorber toute la lumière qui provient de l'extérieur. Les fenêtres ont toutes un jour plus ou moins grand, et un petit courant d'air se permet de nous caresser le visage, doucement, comme une petite main de soie. C'est bon.

— Et depuis quand la fréquentez-vous ?

— Deeeehhh ddeeeee... mmmsmasassassa

— Et vous êtes en faveur des relations interraciales ?

— Ouuuuiauaaaaaassassa...

Pendant ce temps, une infirmière déambule d'une pièce à l'autre, de son petit pas traînant, affairée à chasser des poussières imaginaires et à traquer des micromiettes sous les tables du grand salon. Chacun son truc.

— Habitez-vous en ville ? Quels sont vos moyens de locomotion, en cas d'opération ?

— Mm ? ? mmasassassa add assa ? !

— Reprenons l'examen. Avez-vous mal également ici ?

Nours pousse un cri étouffé.

— Et si je mets ma main ici ?

— Aaooooohhhhha, mmhhhh.

— Asseyez-vous, asseyez-vous. Si j'appuie un peu ici avec l'index ?

— Aaooooohhhhha... Noooooonnn... mmhhhh.

Un silence rempli de malaise. Le docteur donne un ordre à son infirmière. Elle revient armée d'une immense éprouvette à succion, d'une paire de gants bleus, en latex industriel, et d'une bassine en fer inoxydable, qu'elle transporte sous l'aisselle.

J'entends ensuite des mouvements précipités et des froissements de vêtements. D'une voix ferme et autoritaire, le docteur vocifère quelques ordres à Nours, du genre : « Restez tranquille... n'ayez crainte... la procédure usuelle ».

Je n'y tiens plus, j'entrebâille la porte pour apercevoir un spectacle déconcertant : le docteur, l'éprouvette géante en main droite, s'est accroupi la tête entre les jambes de Nours pour lui enfiler le tube, enfin l'éprouvette, sur son membre malade. Son infirmière assistante, Missus (c'est-à-dire Madame en afrikaans ostracisant) Putzfrau, s'est transformée en assistant-gorille. À l'aide de cordes en jute, elle réussit à attacher les bras et jambes du pauvre Nours à l'armature du fauteuil.

Nours me jette un regard fou. Pareil à celui d'une souris de laboratoire. Un vrai film d'épouvante ! Il est terrorisé. Je n'en peux plus. J'interviens.

— Docteur, que se passe-t-il ?

Le bon docteur consent tout de même à jeter un regard affairé vers moi.

— Tenez la bassine ici, à trente centimètres de l'éprouvette... Là, merci.

J'avance prudemment la tête pour mieux voir. Le docteur Bandwit a glissé sa bouche sur l'orifice ouvert en haut de l'éprouvette. Il prend une grande respiration et s'apprête à créer un puissant effet de succion. Quel système ! Elle devrait être munie d'une poire en caoutchouc, cette éprouvette. Ce doit être un modèle piémontais. Et là, je revois notre chauffeur sur sa mini italienne. Du travail de professionnel ! Dans les deux cas : rien à redire.

Entre deux cris, le docteur, calme et flegmatique, m'explique le traitement.

— Il s'agit de dégager le conduit... mmhh... restez tranquille, je vous en prie.

Il s'essuie le front de la main gauche. Fait une brève pause alors que Nours me regarde d'un air affolé, entre deux suçons, incapable de prononcer un mot.

— Je vous disais donc... Il s'agit de dégager le pus de l'urètre infecté, afin d'ouvrir le conduit à l'air libre et qu'ainsi il puisse se cicatriser... le truc, c'est qu'il faut accomplir l'opération sans aspirer soi-même les matières résiduelles, vous comprenez ?

Les détails, je m'en passerais ! Je retiens mon souffle.

Plusieurs minutes s'écoulent où tous deux, le patient assis et son docteur à genoux, s'échinent.

Finalement, après plusieurs cris et gémissements, on entend un pfffttt... Comme un ballon qui se dégonfle.

Du coup, le traitement s'arrête. Choqué, hoquetant, mais tout de même soulagé, Nours se détend, ses muscles se relâchent. Le docteur lui fait une grimace heureuse et crache le pus dans la bassine.

Le moins qu'on puisse dire, c'est que les pratiques ont bien changé chez les omnipraticiens depuis Livingstone. Ou alors le passage sur le traitement de *l'hypermyces lacti putrescens* m'avait échappé. Bulawayo n'a pas fini de surprendre les voyageurs en déroute. Missus Putzfrau délie le patient et le relâche.

— Bien. Vous pouvez remettre vos vêtements. C'est fini.

— Déjà ? répond un Nours absent et visiblement épuisé.

La porte s'ouvre, je m'avance pour sortir, suivi de Nours, mon sous-directeur de projet. Il n'est plus tout à fait lui-même, le Nours. Le bon docteur aux cheveux huileux reste derrière la porte. Le dos tourné, il s'affaire à se gargariser, et puis à laver ses mains dans un minuscule évier de service. J'intercepte son regard dans la glace lépreuse au-dessus de l'évier. C'est un homme exténué. Il cligne des yeux sans cesse. Un tic nerveux ? Comme nous, les rats qui clignons, lui aussi, il cligne « non stop ». Derrière ses lunettes, on pourrait croire avoir entr'aperçu l'œil sans éclat d'un reptile repu et somnolent. Un homme lézardé par sa profession, par la chaleur, ou par une obsession secrète, sourde et indéchiffrable. La maudite « droille » ? Elle est partout.

Nous quittons la vétuste demeure en remerciant avec effusion le bon docteur, non sans lui graisser la patte d'un billet vert sale. Nours tient la suite dans sa main : un petit bout de papier griffonné et estampillé du sceau professionnel du *doctor* Bandwit. Vite, nous voilà partis à la recherche d'une pharmacie.

Il pleut. C'est le début de l'après-midi. J'ai quand même faim.

CHAPITRE XV

La crise de Kombolwe

Precious a filé à l'anglaise. Elle s'est enfuie à pied la route, comme on dit. Comme une voleuse. Dès qu'on a eu le dos tourné, elle a foutu le camp à toute vitesse, en courant comme une « sprinteuse », prise de panique. La torrieuse (garce en langage nord-américain). Elle a dû avoir peur. Mais vraiment peur. Peur de la sangoma, peur des pharmacies, peur des médecins blancs, peur de son beau-frère et de son plan impossible, peur de l'infection putride de son amant. Elle avait la chienne (lire était épouvantée), la pauvre. En fait, pour tout dire, elle avait bien raison. Il faut tout de même l'avouer : notre plan de projet n'est pas très net.

13 février 1871 — Averses continues et abondantes qui nous retiennent dans le village de Moeenga. Nous approchons du lac Bangouéolo.

Remis en marche dans l'après-midi par une pluie fine. Traversé un ruisseau : deux mètres seulement d'une rive à l'autre, mais très profond avec, sur chaque berge, de larges éponges ruisselantes. Une heure après, nouvelle éponge ; puis une rivière paresseuse de vingt-cinq à trente mètres de largeur, traversant d'autres éponges, où l'on est mouillé jusqu'au-dessous des hanches et où il y a beaucoup de sangsues.

Les Italiens partis, nous voilà à nouveau réunis, seuls, Nours et moi, comme à notre départ.

On est prêt à faire la connaissance de Kombolwe. La pharmacie est une construction qui ressemble à la plupart des maisons d'ici, carrée, mais basse et sans aucun cachet. Un espace fonctionnel dans un quartier résidentiel où les ruelles sont en terre battue, les toits en tôle ondulée et les murs en mortier. La poussière a eu raison des fissures sous la porte de bois. Les sacs de plastique qui criblent la rue et les clôtures n'ont pas réussi à franchir les trois marches du petit escalier de l'entrée.

Nous pénétrons dans ce temple de la médecine de brousse. Ici, la ville est redevenue un village. La collection d'étagères de bois sur lesquelles s'alignent diverses fioles, contenants et bibelots n'a rien de l'étalage d'un commerce urbain ou occidental. On y trouve toute une armada de plantes séchées, de tissus divers, de poudres blanches et roses, à granularité variable et à l'apparence passive, des brindilles d'allure plus animale que minérale, sans compter les pots dont le contenu est indescriptible. Les étiquettes sont écrites à la main et la poussière a doucement couché un enduit rougeâtre et velouté sur les supports et tout le reste.

Il n'y a pas de caisse enregistreuse, mais plutôt un tiroir qui doit grafigner occasionnellement le silence. On l'a caché sous le comptoir, dans le coin à gauche lorsqu'on entre. C'est là qu'on garde les menues pièces et les billets bruns, gommés comme des vieilles cartes routières. Ces billets, c'est selon, ils ont fait trois fois le tour du continent entre les mains pétroleuses de marchands itinérants, ou trois mille fois le parcours entre les doigts graisseux d'un petit homme pauvre. Des quatre murs de la pièce, au moins deux sont entièrement tapissés d'étagères. Sur les autres, quelques illustrations et des tableaux.

La comptabilité, visiblement manuelle, se tient dans un grand livre ouvert en permanence. Sur les pages jaunies, des séparations tracées au crayon à mine. Si nous avions un programme un peu moins rigoureux à suivre, si notre plan de projet ne comportait pas des jalons aussi précis, si le temps le permettait, si j'étais plus prompt à expérimenter les substances nouvelles et un peu moins insouciant de ma santé, si Paris… « Ok, stop Honey, just get down and get with it »… j'essaierais des recettes avec tout ça, je m'amuserais avec toutes ces éprouvettes, question de développer un peu plus mes capacités olfactives, oculaires et neurocérébrales. Je donnerais dans l'esprit du sommeil et irais voir le gardien de l'eau, pour retrouver la clef des songes et celle des paradis, et tout le trousseau tant qu'à y être.

Car, c'est clair. Il doit bien y avoir, quelque part dans ces onguents poisseux et ces gobelets jaunis, la clef des pouvoirs occultes, bons et maléfiques, la potion qui nous fait parler plusieurs langues dans une langue, et dont les mots se créent de toutes pièces au fur et à mesure de la conversation avec l'Autre, avec l'Entité, avec l'Épicentre des univers, avec le grand Saigneur. Eh ! Ce sera pour la prochaine fois, dans ma septième vie, lorsque je serai réincarné en araignée ou en tique. Je serai tellement filou que je pourrai me glisser à volonté entre le verre des jarres et le métal des couvercles et visiter tous ces terrains sablonneux. Bon.

La pièce centrale que nous occupons est ténébreuse comme un buisson au mois de novembre, par un temps de pluie grise. Une odeur d'algue et d'oiseau empaillé flotte dans l'air. On est loin du parfum de curry, de piment et de poivre frais au marché des épices de Durban. Une enfant et sa grand-mère attendent un médicament miracle probablement trop cher pour leur maigre pécule. La petite fille pleure, renifle et tousse sans arrêt. La chandelle lui sort de la narine gauche. Ses joues sont croûtées de morve blanche séchée. La misère, encore et toujours. Elles se sont plantées dans un coin plus sombre de la pièce centrale, pour qu'on les oublie, couvertes de honte, les pauvres.

Nours s'avance et présente son papier imprégné de germes à la pharmacienne derrière le comptoir.

Le petit bout de feuille est resté collé à la paume moite de Nours pendant tout le temps qu'on a mis à venir ici.

Elle saisit le billet d'une main distraite. Son esprit est ailleurs. Des variantes sont apportées à la liste des médicaments prescrits par le bon docteur huileux. Après tout, ici, il y a aussi des médicaments comme on les connaît en Occident. On remplace le Nizoral par un autre fongicide qui attaquera les basidiomycètes, en les empêchant de produire les microspores nécessaires à leur épanouissement pubien. Ils vont sécher et crever de solitude... ou quelque chose comme ça... quelque chose de moins prosaïque et d'un peu plus biochimique. Il y a mieux : la pharmacienne a pris la liberté d'ajouter sa propre concoction à l'heureux mélange scientifique. C'est tout à fait dans la tradition bulawayenne.

En effet, chez les Ungas de cette région et du Nord — nous explique-t-elle avec un regard hagard, mais affairé —, près des zones marécageuses de l'ancienne Rhodésie, aux confluents du Zambèse, les médicaments sont rares. Les peuplades de Noirs africains indigènes n'avaient pas le choix. Depuis des millénaires, ils ont su, grâce à leur ingéniosité et leur curiosité, recenser les plantes médicinales.

— Et pas seulement. Ils ont appris à pratiquer les incantations de rigueur pour sauver les âmes et les enlever au grand faucheur. Dieu est grand dans sa vicissitude, nous affirme-t-elle avec force et conviction. Il a su nous guider dans le bon emploi et la déclinaison des vertus des plantes. Il a su libérer mon talent et donner un sens à mon existence, dit-elle. Je suis née pour guérir et aider les mal-en-point à sortir de leur misère. Elle remercie le Grand Esprit et la Sainte Trinité.

16 mai 1871 — Rien que de l'eau à perte de vue. L'inondation a de quatre à six pieds de profondeur, parfois davantage. On ne sait pas où finit la plaine, où commence le lac.

C'est sans doute par pure oisiveté, et à cause de l'absence d'une heure de tombée précise dans notre plan que nous nous accotons à un petit repli dans le bas du mur, et que nous écoutons ce que cette Africaine va nous dire. On dirait qu'elle va nous livrer le message le plus important de sa vie. Nours a déjà consommé la posologie prescrite pour la journée grâce à un verre d'eau apporté par l'assistante de la pharmacienne.

Elle commence son long monologue en se présentant :

— Je m'appelle Kombolwe Mashiloane... et je viens du village de Chipeni. De la tribu des Ungas.

Sa voix est cristalline, fluette et haut perchée malgré son âge. Ses propos sont clairement énoncés, son message, intelligent. Kombolwe Mashiloane a commencé son histoire.

Son histoire va durer des heures, on le sent. Les clients entrent et sortent. Comme dans un rêve. On est projetés dans son passé de jeune fille qui grandit dans une végétation flottante subtropicale.

Elle est souvent interrompue par le va-et-vient des clients. Affamé, je lui pose peu de questions. Nours reste coi, comme dans sa bulle lui aussi. C'est une expérience quasi transcendantale que de partager le récit d'une vie à jeun. Je vais bientôt léviter.

Sans se lasser, elle retricote les mailles de son histoire et brode un moment, s'arrête à peine pour décocher un sourire ou pour ponctuer ses phrases d'un grand rire contagieux.

Dans le genre :

— Et mon père me disait que j'étais trop laide pour me dénicher un mari... Elle fait une pause et c'est le grand éclat de rire.

Et elle continue.

— Que disait-on à propos de l'arrivée des Blancs en Afrique ? Attendez que je me rappelle : quelque chose comme « Au début les Noirs possédaient les terres et les Blancs parlaient d'Évangile et de religion. Quand les prêcheurs sont repartis, la magie avait opéré. Les Noirs chantaient des psaumes, la Bible à la main. Et les Blancs possédaient les terres ».

Je comprends que, pour les Noirs, ça n'a pas été aussi simple qu'on pourrait le croire de se convertir. C'est bien connu, la conversion bouleverse la vie intime et la vie sociale de l'individu. « Mort intime », « agonie morale », sont les mots qui reviennent fréquemment quand les nouveaux chrétiens parlent de conversion. Les missionnaires prohibaient la polygamie, le culte des ancêtres, les sacrifices, la sorcellerie, voire même la dot, l'initiation, les plaisirs coutumiers, le sexe oral. Tout !

Les chrétiens noirs indigènes devaient renoncer aux croyances entretenues depuis leur enfance et aux coutumes de leur famille. C'était dur ! Quand on passe de quatre cents dieux célestes spécialisés à un seul, c'est une sacrée marche ! Inutile d'ajouter que les convertis formaient un corps étranger dans les organisations traditionnelles. C'étaient un peu les lépreux du Moyen Âge européen. Le reste de la population non chrétienne les évitait. On s'écartait du chemin pour les laisser passer, comme on laisse passer un homme recouvert de gris-gris de la tête aux pieds. La population locale, fuyait ces chrétiens noirs, comme on fuit un rat galeux qui se gratte. Ils leur foutaient la chienne, ces lépreux intégristes cathos.

4 août 1871 — Navigation dans une mer envahie d'herbes. Le poisson abonde. Seules les fourmilières dominent ; elles sont couvertes de plantes. Après six heures de poussée à travers cette prairie aquatique, nous entendons de joyeuses voix d'enfants. Le village est entouré de manioc planté sur des monticules faits de main d'homme.

Mais on n'arrête pas le progrès. Les temps changent. La sagesse est grise et la religion, pleine de couleurs… Comme tous le savent, la chrétienté a su s'imposer. Enfin, tout le monde connaît Jean-Paul ! La preuve : nous sommes dans le plus noir de l'Afrique noire, et Radio Catho est au programme. Notre pharmacienne bulawayenne est une bigote, une vraie, pas de doutes !

— Je vous l'ai déjà dit, au risque de me répéter, jamais personne ne m'écoutait au village. Ici non plus, d'ailleurs. C'est toujours la même chose. J'étais la dernière de ma famille et personne ne prêtait oreille à ce que je disais. Regardez ce gros lard, dit-elle en pointant Nours, il dort. Il dort, non mais ! quelle insulte pour moi, Kombolwe Mashiloane… Jamais personne ne m'écoute quand je parle. Toi, l'autre Petit Blanc, c'est ton ami, cette grosse truie ? beugle-t-elle.

Me voilà brusquement sorti de mes pensées, après deux ou trois heures de ce monologue. J'étais à nouveau projeté en orbite, gravitant lentement autour du vide existentiel qui nous absorbe tous. Le « black hole ». Revenu sur terre, je réponds. Je réplique discrètement, de façon lapidaire, par l'affirmative. J'essaie tant bien que mal de ne pas réveiller Nours. C'est une vraie bête. Il odore ferme, en plus. On ne sait jamais, il peut interpréter tout ce qui n'est pas au plan de façon imprévisible : exploser. « Been there ».

— Et pourquoi a-t-il le mal des marais ? questionne-t-elle.

— Parce que sa petite amie cultive un jardin potager, lui dis-je d'emblée sur le ton de la confidence.

— Et où est-elle pour se défendre ? Tu peux bien l'accuser, elle n'est pas là pour défendre sa cause, répond-elle, partie en croisade.

— Elle est partie lever d'autres lièvres, elle ne savait plus que faire pour adoucir le mal de mon ami… C'est compréhensible… Vous comprenez, non ?

Elle reste en mode attaque, incrédule.

J'ajoute quelques détails sur mes notes de travail, je lui parle de notre plan, de sa mise en œuvre, des biens livrables, du fractionnement des tâches, de ce projet irréalisable. Chacun son tour, non ?

Elle ne fléchit pas. Encore plus perplexe. Évidemment, la conduite de projets n'est pas dans ses cordes. Son enfance a été difficile. Elle reprend ses questions, obstinée au possible.

— C'est une Noire black indigène, sa petite amie ? Je ne crois pas à ton histoire affirme-t-elle, provocatrice.

Pendant ce temps, Nours mugit. Grognements sourds. C'est sans équivoque : il se réveille. Le pire est à craindre. Un rayon de soleil vient discrètement embraser la plinthe sur le pan de mur et, au passage, un nuage immobile de poussière et de sédiments en suspension.

Je continue de répondre par intérim, je scande mes paroles comme des couplets de berceuse. Kombolwe ne remarque pas la manœuvre. Et cette inquisition n'en finit plus, les questions fusent. Elle cherche à comprendre les raisons de notre présence dans un pays aux conditions de vie si difficiles.

Toujours des questions, encore des questions, insistantes au possible. Je suis las.

— Et puis vous, les étrangers, vous venez en maîtres et nous jugez tout de suite, ajoute-t-elle hargneuse.

Ça y est, on est tombé en mode procès d'intention. Est-ce que j'ai l'air d'un paratonnerre, d'un capteur de frustrations ou quoi ? Son assistante aux dents de cannibale vient voir ce qui se passe.

7 août 1871 — Je suis pâle, exsangue ; les hémorragies ont été copieuses depuis le 31 mars et m'ont enlevé mes forces. Qu'il me soit permis d'achever mon œuvre !

Seigneur ! Faites que Nours se souvienne du contexte lorsqu'il quittera son doux sommeil. Une voix intérieure prend le dessus : « Rassure-toi, Philippe, non, nous ne sommes pas dans un “coffee shop”, dans une ambiance gothique, quelque part dans les Pays-Bas, à recevoir nos premiers cours SM ».

Je tente tant bien que mal de me raisonner, ce n'est pas une crise d'angoisse après un morceau de « space cake ». « Chill brother », je suis à Bulawayo dans une pharmacie devenue parloir. La grosse femme d'à côté, celle-là même qui nous hurle dans les oreilles, la grosse, c'est une des nôtres. Nours saura-t-il déchiffrer le code ? Il lui faut penser à sa mère, il me faut penser à ma mère, version black. Elle a juste les fusibles un peu plus sensibles et les yeux un peu plus rouges. C'est une mère excédée, voilà tout !

D'ailleurs… si on regarde un peu les diplômes au mur, pour trouver un argument qui appuie cette rassurante hypothèse qu'elle fait partie des nôtres, je suis certain qu'on y trouvera toutes les preuves qu'il faut pour faire taire les incrédules. Attendez un peu, voici le premier : « Diplôme de l'École de Fakirisme et de Radiesthésie des Sangomas unies dans le sang des ancêtres ». Le papier est encore blanc malgré les dates calligraphiées. Non. Non. Ce n'est pas ce que je cherchais.

Il y aussi l'autre : « École des Apprentis Harmonistes en Constituantes Énergétiques ». C'est déjà mieux ! J'essaie tant bien que mal de me situer dans ce décor d'halluciné. Tout ça afin de pouvoir rapidement raccrocher Nours à une réalité avec laquelle il saura composer. À son réveil, lorsqu'il va voir cette pseudo pharmacienne en herbe et en sarrau l'enguirlander et le traiter d'abruti, on ne peut présumer de rien.

Mes yeux continuent de se promener sur les murs comme des araignées sauteuses et bondissent, avec un certain soulagement, sur l'ultime et dernier diplôme, le seul à être suspendu au mur par un cordon de soie rouge.

Je peux y lire : « Ordre des Pharmaciens et des Herboristes de la Rhodésie ». Comme quoi un papier, ça compte ! On n'avale pas que des lames de rasoir ici ! On ne traite pas les malades uniquement avec du venin de *mamba* ! On ne fait pas que broyer les os des rats, des petits enfants et des chèvres, ici. Non, monsieur. Je sens une petite goutte de sueur perler à mon front et progresser doucement vers le menton. Elle est aussitôt absorbée par cette forêt de poils protecteurs qu'on appelle les sourcils. Cette fois, j'esquisse un sourire au lieu de répondre.

Entre ça et les tableaux sanguinolents de l'histoire bulawayenne... Un peu plus et j'allais décrocher le crucifix du mur pour exorciser les lieux. D'accord, maintenant, du calme.

— Calmez-vous Kombolwe, lui dis-je. Calmez-vous, nous ne sommes que des clients... nous ne sommes que des étudiants.

C'est faux, mais ça marche toujours, le coup de l'étudiant. Eh ! eh !

— Oui, bien sûr... où en étais-je... dit-elle d'un air égaré, perplexe, un peu à bout de souffle.

Deux à trois heures de monologue, quelque part, ça grille les cellules. Elle s'excuse auprès de moi et disparaît quelques instants dans son arrière-boutique.

Nours sort petit à petit de son sommeil, et ouvre une lourde paupière de batracien sur la femme qui a heureusement fini sa crise. En un clin d'œil, il a compris. C'est clair. C'est la raison pour laquelle j'apprécie sa compagnie. C'est un des nôtres, il sait interpréter aussi les langages du corps. Peut-être que cette odeur et ce rayon de soleil ont à voir avec ce réveil en douceur... Je ne peux répondre, ce n'est pas dans le plan de projet.

Pourquoi on est là, déjà ? Les médicaments. Ils reposent dans le sac décoloré que Kombolwe nous a remis. Les élixirs du bon docteur Bandwit, les précieux élixirs qui éradiqueront enfin le mal, espère et prie Nours, ce mal gangreneux qui le ronge. De nouveau, elle confirme la posologie pour les prochains jours. Elle a ajouté sa petite touche personnelle. Elle a inséré dans le sac plusieurs plantes qui se prêtent aux infusions. En long et en large, elle explique le traitement.

Comment Kombolwe Mashiloane a-t-elle pu réussir à performer dans une profession qui nécessite autant de tact, autant d'entregent et ne pas fermer boutique ? Parce que c'est quand même une crise, son affaire. Crier après ses clients, ça ne se fait pas, surtout quand ils payent, non ? C'est une énigme pour nous les Blancos, les touristes.

Elle a crisé, mais pas tant, tout de même. C'est peut-être à cause de notre peau claire qu'elle a explosé, la Kombolwe. Tous ses souvenirs, ses cauchemars et ses frustrations sont ressortis d'un coup.

Un trop-plein. Une accumulation sans fin de courbettes qui ont réussi à casser l'élasticité du corps et de l'esprit. Une usure inévitable de la patience devant le « Master » blanc et son arrogance, comme une partie de la population s'évertue encore à nous nommer dans ces régions, enfin, surtout les populations de l'Afrique du Sud. « Yes, Baas. »

Elle a peut être hurlé tout simplement, parce qu'est ainsi câblé le laideron qu'elle est, avec une prédisposition au monologue, à l'altercation. Un tempérament primesautier, voilà ! On est câblé comme on est câblé. Une explication génétique pourrait éclairer l'origine d'un tel trait de caractère. C'est comparable, sans doute, au royaume végétal où certaines pommes sont sujettes à la tavelure et d'autres moins. Après mûre considération, on pourrait convenir que c'est tout simplement d'ordre physiologique. Surmenage ou hormones... La ménopause, tant qu'à y être. Je ne comprends pas toujours la gent féminine.

L'âge a certainement gâté la sauce. Un vieillissement dégénératif avant terme, causé par la trop grande absorption de ce poison à poissons pendant toute sa jeunesse. Voilà l'explication la plus logique. Et puis, sans compter les nuits blanches passées à mémoriser ces potions, ces diagrammes protéiques et ces cycles biochimiques, pour la plus grande satisfaction de ses clients, enfin, on espère. On le saura bientôt. Peut-être. Nours est encore malade. Au moins, il peut pisser, maintenant.

Tout s'explique chez l'être humain si on y passe le temps qu'il faut pour étudier son comportement et si on est équipé des bons outils. Mais ici, je ne sais pas. Je suis un peu las. Fatigué. Elle est comme elle est. C'est l'une des nôtres. « Nosotros hombres ».

CHAPITRE XVI

The f... money

Son récit nous a déjà bouffé la demi-journée, ou presque. Et j'ai tellement faim. Kombolwe Mashiloane s'est défoulée. Une vraie bête de cirque au numéro infaillible, sûre d'elle-même et de la réaction de son public. Tickets pas chers à l'entrée. On pourrait penser que c'est son spectacle d'adieu, à constater l'intensité de ses mimiques et l'énergie de son verbiage. J'en ai assez. Nours a aussi son voyage. Il a faim, et moi je mangerais des racines, tellement me travaille la fringale. Et puis, que peut-on faire de plus... à part quitter. Nous signifions donc notre intention, mais Kombolwe persiste, une vraie machine à paroles.

12 janvier 1872 — Passé la rivière, puis deux larges marais. Forcé de m'arrêter. Très malade toute la nuit. Mais j'ai pris de la quinine et les accidents ont cessé.

Les adieux n'en finissent plus. C'est la coutume. Un peu plus et on va être invités à la prochaine collation, au repas du soir, à chanter l'angélus, à participer à la messe du matin. À faire les vingt-sept génuflexions et les trente-six signes de croix, à murmurer des « amen » et des « je vous salue Kombolwe, pleine de grâce ». À s'entêter dans toutes les autres pratiques « reli-séquentielles » d'usage... C'est qu'elle essaierait encore de nous convertir, la torrieuse. Hé ! Même si « Tout ça y en a bon fétiche, moi pas vouloir » ! Eh !

Toute cette saga était bien émouvante, il faut dire. Les vers blancs dans les plaies, une enfance passée dans l'eau ou presque, un coup de filet chanceux, les projets des entreprises et la racaille de l'Occident capitaliste. Il faut bien quelqu'un pour la piller, cette Afrique ! Mais au juste, de quoi souffrait-elle, la Kombolwe ? Elle nous avait parlé d'un accident... au fait, de quel accident s'agissait-il ?

Et pendant qu'on a tous la larme à l'œil — arrête ! je vais pleurer — et que les adieux perdurent... l'incroyable arrive. Une paire de voyous armés fait irruption dans la boutique. Ils veulent le cash. Notre argent. Notre cash. Ils hurlent à tue-tête comme si nous étions sourds...

— Give the money ! Give the money ! Don't move. Give the money ! Don't move. Give the f... money !

Ça y est. Un cas gravissime de maladie mentale. Un apprenti voleur qui a un peu trop regardé les programmes de série C. Il vocifère. Et à répétition.

Il crie son message de plus en plus fort. Tout le monde reste de glace. Il devait s'attendre à une ou deux personnes, le « soap » classique de série C, mais il est tombé sur un groupe... et ce n'est pas dans le manuel d'emploi.

Et puis, c'est un Pygmée. Il fait à peine 140 centimètres. Il est minuscule et armé comme un corsaire. Et plus ils sont petits, plus ils sont teigneux. C'est une des grandes lois naturelles.

— You ! il pointe du doigt Kombolwe, qui est derrière le comptoir, Give me the money ! Yeah ! you ! Now, Bitch ! I say Now-Now ! Bitch !

Il lui braque son *gun* sur le visage... C'est quand même pratique de maîtriser l'anglais dans les circonstances.

Mais Kombolwe ne bouge pas. Elle est passée de statue de glace à statue de sel.

Il continue à gueuler, il répète sans cesse les mêmes mots, les seuls qu'il connaît, probablement, et ses gestes sont quasi automatiques, de plus en plus saccadés. Il doit vivre un stress intense. Il va se transformer en soldat mécanique, attends une minute que je trouve la clef dans son dos... Non, je ne la vois pas. De toute évidence, il doit s'agir d'un modèle hors série.

— F... cunt ! Give the money ! Give us the money ! Now ! Voilà, il la menace, il va lui faire éclater la tête comme une vieille citrouille... the money !

Mais Kombolwe reste immobile derrière le comptoir. Nours est couché sur le ventre, aussi plat qu'une crêpe. La petite fille à la chandelle et sa mère sont fusionnées en une masse informe, chancelante et pleurnicharde. Moi, je reste droit debout, devant mon tabouret, les mains levées comme dans un film. Calme en apparence. Mais la réalité est tout autre : j'ai le goût de prendre les jambes à mon cou. De m'enfuir dès qu'il sera possible de le faire. Comme Precious. « Now, Bro ! » Drette-là. Pour l'instant, tous mes efforts de « self-control » sont dirigés vers mes muscles oculaires car l'inévitable poussée d'adrénaline m'afflige d'un strabisme imprévu… J'essaie tant bien que mal d'éviter le regard du bandit débile. Surtout, surtout ne pas regarder le gorille mâle dans les yeux, qu'on m'a déjà dit dans les montagnes de Tanzanie. Même règle pour les petits mâles. Bulawayo, c'est aussi la jungle, crois-moi, crois-moi pas.

D'un coup de coude affolé, il arme son fusil à pompe… Comme dans les films de série C, exactement. Le voilà qui secoue encore plus violemment son arme. On dirait qu'elle lui échappe, qu'il ne la contrôle plus. Son compagnon le dévore des yeux. Complètement inutile, le compagnon. Il n'a pas d'arme. Ça doit être un stagiaire. Ce n'est pas un apprentissage facile. Il a dû se tromper sur le chemin de l'école. Il n'a pas eu le temps de se tailler une carabine en bois. Il essaie de calquer le regard dément de son tuteur. C'est un apprenti stagiaire.

Le chef continue de braquer son *gun* sur Kombolwe, mais elle ne bronche pas. Ses yeux sont écarquillés comme des coquilles Saint-Jacques. La sauce béchamel vire au rouille.

Ce sont des amateurs. C'est clair. Premier braquage... ou bien ils sont sur la « droille » ou la boisson et là, on n'est pas sortis du bois. Ce n'est pas le temps de demander la route ni de prendre congé à l'africaine. On va tous finir en passoire.

BANG !... ça y est. Le coup est parti. Mes tympans pulvérisés silent comme un canard rempli de vapeur. La tête de Kombolwe est épluchée tel un épi de maïs. Le sang pisse de partout pendant qu'elle s'effondre. Je regarde la croix. J'ai déjà les pieds qui baignent dans une flaque vermeille. Celle-là même qui ruisselle, encore fumante, de l'arrière du comptoir. Nours, aplati à mes pieds, doit à ce même instant boire la tasse.

Kid Gachette n'a toujours pas plus de cash dans ses poches. Kombolwe n'aura pas eu le temps de lui donner le contenu du tiroir qui tient lieu de caisse. Elle ne bouge plus. La convulsion frénétique des nerfs qui se relâchent a cessé. La syncope musculaire est terminée, elle est devenue aussi pétrifiée qu'un gisant de pierre.

Nours est toujours couché par terre. Il toussote et crache comme un vieux moteur. Le détraqué s'en prend maintenant à mon gros ami. Le stagiaire regarde son professeur lui démontrer qu'il n'est pas nécessaire de savoir compter pour encaisser les billets... La preuve par neuf, c'est pour les classes de rattrapage. À l'école du crime, on apprend surtout à décompter.

— Give me the f... money... hurle-t-il comme un vieux disque de vinyle qui saute. Give the f...

money, you big fat mother… You heard me ? And I count from five down… Five… Four…

On est repartis pour un tour. Comme si ses vociférations ne suffisaient pas, le chef voleur distribue de violents coups de pied au pauvre Nours.

— Give the f… money you fat mother… Give it to me. Three… Twoooooo… hurle-t-il.

Nours encaisse les coups, en criant et couinant de douleur. Il arrive tant bien que mal à sortir de sa poche quelques billets méconnaissables… du genre de ceux qui ont fait vingt fois le tour de la planète. Le bandit frôle sa tempe de la pointe de son fusil non homologué… Je retiens mon souffle. Nours ne respire plus.

Il s'est arrêté de compter.

Le vaurien s'éloigne et se tourne vers moi… Nours rampe péniblement de sa mare vers le coin le plus obscur de la pièce.

Ce n'est pas fini, le chemin de croix ne fait que commencer, me dis-je. La pente est abrupte, Dieu a encore soif de sacrifices, même en ces temps modernes. Et puis, on vient seulement de passer la troisième station. À chacun sa croix, sa « via dolorosa ». Nours a donné. « Who's next ? Who's left ? »

Je ne suis pas encore à genoux, mais ça viendra, si je me fie à l'enthousiasme que ce visiteur a mis à se ruer sur Nours, Nours l'innocent — Jelly Bear, Jellours mon pitou, mon ami, Nours le tranquille — et à le rouer de coups de pied quasi mortels. Plus besoin d'opération chirurgicale après cette agression.

Il y aura des quartiers d'orange partout sur le plancher. Des quartiers de sanguine...

Naturellement, encore une fois, je n'ai pas su arrêter ce maniaque. Je ne suis qu'un « pissou » de la dernière espèce. Mon instinct de conservation est plus fort que mon sens de l'héroïsme. Et le pire, c'est que je ne suis pas convaincu que ce soit guidé par des instants de préservation de la race. C'est de l'égoïsme pur et dur. Pauvre Nours.

J'ai les mains levées. Je ferme les yeux. J'ai peur. Pas de bang. Pas encore. Je baisse doucement le bras droit pour sortir le cash, ma main tremble comme si j'étais en phase terminale de la maladie d'alte-zimmer, d'all'sdonner, d'allisummer, de truc chose... Et, à ce moment-là, j'ouvre un œil.

Il est droit devant moi. Il cherche le contact des pupilles. J'évite. Il agrippe le cash directement dans ma main et s'approche à vingt centimètres de moi pour baver un :

— F... you sucker.

Silence. J'en pense de même, mais je reste coi... « dimorphodon » toi-même, lui dis-je intérieurement.

Il me tourne le dos, fait un signe à Junior. Et ils s'en vont en claquant la porte.

La technique est simple : distribuer les coups *ad nauseam* comme des « biscômes » à Fribourg, lors de la Saint-Nicolas. Pendant que le margoulin descend dans la spirale de la violence gratuite, les victimes encaissent les coups. Je m'ennuie sérieusement du temps ou je vendais du chocolat.

J'ai finalement réussi à ouvrir un œil, puis l'autre. Mais comme frappé de cécité momentanée, d'autisme sélectif, mes yeux se refusent à voir l'horreur. Je regarde devant moi, mais j'ignore la scène. Des images se bousculent.

Il y a quelques jours, un corps mutilé a été trouvé dans la savane, non loin de Mutare. Crime rituel accompli sans doute sous le couvert d'une société secrète, et dont il sera, comme à l'habitude, difficile de découvrir les auteurs... Ne serait-ce pas simplement le résultat d'une folie passagère ? Le travail de Kid Gachette II ? Je ne comprends rien à ce qui se passe ici. Je veux retourner chez moi, vendre du chocolat, faire du porte-à-porte, livrer le journal le matin, fumer des « spliffs » (joints) le reste de l'après-midi, pêcher à la ligne. Donnez-moi un permis de sortie, s'il vous plaît. « I wanna get the f... out of here. Verstand jy ? »

Mon état de cécité s'estompe progressivement. Sur les murs, toujours les mêmes tableaux, toujours les mêmes scènes sanguinaires : les hautes murailles des temples seigneuriaux jadis couronnées, en permanence, de crânes desséchés et de têtes humaines fraîchement coupées nous disait encore Kombolwe, l'instant auparavant. Les divers bâtiments portent encore, naïvement peintes à même les murs, des scènes de la vie royale. Les décapitations y figurent en majorité, le personnage maltraité représentant, le plus souvent, un Blanc. C'était le bon vieux temps. Les dieux ont été remplacés par God Money.

8 janvier 1873 — Beaucoup d'habitants ont les oreilles et les mains coupées ; le chef actuel s'est souvent rendu coupable de cette barbarie. L'un de ces mutilés est justement devant nous ; il essaye d'exciter notre compassion par une sorte de gazouillement qu'il produit en se frappant les joues avec ses moignons.

Nours s'est évanoui. Drapé dans sa douleur, son incontinence et dans le sang de Kombolwe. La petite à la chandelle pleure sur le corps affaissé de sa mère.

Je demanderai à la mienne, à ma petite mère à moi, d'allumer un cierge pour Kombolwe, Kombolwe la sainte.

Une autre messe est dite.

Elle aurait quand même dû lui donner l'argent.

CHAPITRE XVII

En pirogue sur le Chambèze

Quelques semaines plus tard, avant de mettre les pseudopirogues à l'eau, on retourne à l'école. Pour suivre le cours de base, celui des nuls, appelé « Piroguons ensemble 101 ». On a d'abord passé avec succès l'examen théorique. Puis, est venu le stage pratique. En résumé, il s'agissait de savoir remettre à l'endroit le kayak appelé ici pirogue. Donc, coque en l'air, il fallait le faire basculer à l'endroit, coque flottante, ouvertures vers le haut, plutôt que de boire la tasse, évidemment. Dans ces cas-là, l'instinct de survie l'emporte sur la théorie : la technique fut très vite maîtrisée.

Nous sommes à nouveau trois. Des aventuriers seulement : un directeur de projet — moi-même en personne —, un directeur adjoint, Nours, et un expert maritime, Igal. Le débarcadère se situe à quelque cent kilomètres de la ville, enfin, de l'interminable banlieue.

Nous devons faire tenir nos trois pirogues sur le toit du taxi-brousse. Déjà, ce sous-projet en soi nous annonce que le voyage sera périlleux. L'opération consiste à hisser les engins, avec les provisions et tout l'attirail de pêche et de navigation à bout de bras. Il faut alors faire preuve d'un sens de l'équilibre hors du commun et d'un jugement sans faille. Se tenir ainsi sur une montagne de bagages, lesquels sont déjà empilés de façon arbitraire et font au moins une fois et demie la hauteur du camion, est déjà une aventure.

Heureusement, le conducteur-mécano-contrôleur-hisseur possède des avant-bras de crabe. Une vraie bête ! Des bras comme un appareillage de poulies. Tout le monde le sait : dans tout homme sommeille un crustacé. Et ici, chère, on a sous les yeux une adaptation rarissime, un spécimen de crabe qui a surmonté son aversion des hauteurs et a développé ses membres de telle façon qu'il puisse se mouvoir à son gré sur terre et dans les airs. Unique ! Et il converse, mais seulement en Ndébélés.

Un passager a même réussi à le convaincre de ligoter un cochon vivant de bonne taille sur le toit du bus. Ça a dû lui coûter plusieurs sacs de ciment. En Afrique, les sacs de ciment équivalent aux pots de vin de chez nous. On est en Afrique, et tout a un prix. Tout se monnaye. Comme partout, d'ailleurs. Comme il n'y avait pas de tarif fixe prévu pour ce genre d'animal, le conducteur a dû inventer une taxe spéciale. Une sorte d'assurance contre l'odeur porcine, les risques de salissure et les frais encourus au cas où.

Le voyage a repris, enfin ! On est sur la route ! C'est quasi un miracle : vingt-six *Carpe Diem* et trois *Ave Maria* ! Tous nos amis psys nous ont conseillé d'entreprendre un voyage sur l'eau, question d'oublier Bulawayo. Nous voici donc lancés vers de nouveaux objectifs. On n'allait quand même pas rester plantés là à pleurer les disparues et les billets manquants.

Ficelé sur le toit, le pauvre cochon claironne à chaque nid de poule. C'est pathétique. Même s'il survit au voyage, il va quand même finir en jambon ou en cochonnaille persillée. Mais « tough shit », ça fait partie du grand cycle de la vie : les cochons mangent les ordures, les abats, et les restes de la « marde », et nous, nous les mangeons, ces porcs.

Notre bus ou notre « tout-passe », comme on dit dans la région, a été fabriqué en Europe, il y a plusieurs décennies. De vaillants colons ont dû le conduire sur les pistes du Sahara et les plaines du Nord pour terminer leur odyssée dans cette région inhospitalière, au péril de leur vie. Au long de ce voyage impensable, des hommes habiles l'ont démonté, remonté, puis démonté encore. Selon les besoins, la situation et les humeurs des conducteurs, des mécanos et des passagers.

Il est facile d'imaginer que de transporter un camion sur un bac d'eau douce nécessite, par exemple, qu'on le dépèce, le soulage de ses artifices, de sa carapace de fer, de ses phares et de ses portes. Sinon, la rouille pourrait avoir le dernier mot. On ne s'est pas gêné. Tout le monde a dû participer.

Autant dire que le camion d'origine était tout autre. Plus le voyage s'est enfoncé dans la savane de cette Afrique subsaharienne, plus le véhicule a perdu le cachet du manufacturier pour se métamorphoser en fourgon de brousse.

T'imagines toutes ces pièces perdues, égarées au fil de l'eau et des trajets, puis refaçonnées pour la cause à l'aide de fer blanc, de bouts de conserves, d'arceaux de pneus ! Tous ces boulons aux pas de vis éraillés par ces clefs de fortune ! Tout ce rapiéçage de cambuse a fini par camoufler son identité première : on a peut-être même limé les numéros de série nécessaires pour passer les nombreux barrages routiers et les douanes. Tout y a passé. Ici, le recyclage des matériaux est à son top. L'Afrique gagne la médaille d'or de l'ingéniosité dans ce domaine. L'Occident est simplement hors concours. Eh ! Vive la piste en « magic bus » ! Olé !

En Afrique, on fait des miracles avec des riens. Particulièrement avec le fer des conserves. C'est presque une industrie. D'abord, on construit des prototypes sur la base de spécifications arbitraires, mais d'observations précises. Les mécaniciens artisans font ainsi leur première classe. Généralement, le produit de leurs travaux est écoulé auprès des enfants des villages. Les prototypes sont utilisés comme des jouets.

Un système scolaire, une sorte d'école technique a ainsi été mis en place. On leur apprend à conduire de cette façon. Puis, ces mêmes mécanos artisans enrichissent leur savoir-faire et perfectionnent leur art. Ils visent plus grand. Ils travaillent sur des modèles de plus en plus costauds jusqu'à ce qu'ils soient en mesure de rebouter les véhicules lourds.

Ces véhicules sont légion en Afrique. Lorsque deux de ces jumeaux métalliques se croisent sur les routes poussiéreuses, une sorte de fraternité s'installe. Tous les chauffeurs se connaissent, alors ils attrapent leurs téléphones cellulaires et se font un brin de causette. La savane baigne dans un amour fraternel sans bornes. Tout cela donne une allure magique au tableau : des camions bondés de gens et écrasés par leur cargaison circulent en tous sens, comme des jouets sur une piste imaginaire. Encore un rideau de fumée sur la rigueur de l'enseignement technique africain et je serai taxé de faux-frère, de raciste. Il faut que j'arrête les biscuits, hostie !

10 avril 1873 — Très malade. Gravi des collines et, après en avoir franchi le sommet, aperçu l'eau bleue à travers les arbres. C'est l'extrémité sud-est du Lac Liemmba.

Enfin, la rivière ! Le Fleuve ! J'entr'aperçois l'eau derrière l'écran impénétrable des roseaux. Les berges en sont couvertes et le reste n'a rien d'hospitalier. Toutefois, Nours et moi avons du mal à retenir notre fou rire. Les nerfs, probablement. Nous craquons. Et puis, assis à nos côtés, dans un siège voisin de ce convoyeur de cochon, de passagers, de drogués, de malles et de pirogues, il y a Igal.

Oui, pour tout dire, nous avons un nouveau compagnon de route assez paradoxal. Qui vient d'Israël. On peut lire une étrange confusion sur son visage. Larmoyant, il ne cesse de se moucher dans sa manche de chemise, mais il arbore un sourire de vainqueur. C'est tout simplement hilarant.

C'est qu'il en est à sa deuxième expédition sur le Chambèze, notre Igal. Timide, d'accord, mais c'en est un vrai. Il a de la trempe, c'est un courageux. C'est un dur. Mais il pleure tout de même. Sans arrêt, il pleure.

Il s'est décidé à dompter sa peur, Igal. C'est un brave timide. L'année dernière, lors d'une expédition semblable, toujours en pirogue bien sûr, mais cette fois avec des amis, pas avec des drogués frappés de fou rire, un hippopotame lui a arraché la moitié du bras droit. C'est horrible... Et il s'en rappelle comme si l'accident s'était passé hier, Igal. À voir comme il se lamente et se caresse les cuisses, il appréhende l'expédition... Mais il est décidé à vaincre sa peur. Il nous explique tout ça en pointant la rivière avec son moignon. Amputé au coude. Il pleure, mais il est brave.

Le drame s'est produit près de l'endroit où nous allons. Igal et ses amis venaient à peine de commencer leur expédition. Tout avait démarré en peur, dans la précipitation, sur un des nombreux bras de cette rivière. Ils avaient pris du retard et avaient un plan de travail et de mise en œuvre chargé, trop chargé. Ils sont partis à la brunante. Pauvres innocents. La suite se résume au carnage soudain.

Et ça n'intéresse que les voyeurs en mal du malheur des autres.

Tragicomique. Voilà l'ambiance quand nous déchargeons notre attirail à l'arrivée. Opération qui ne se fait pas sans l'aide du conducteur-crabe-acrobate, car Nours et moi souffrons de « vertiginite » aiguë. Et il va sans dire qu'on ne peut pas compter sur Igal au petit bras, l'handicapé à vie.

Traditionnellement pour les envahisseurs occidentaux, pour les colons et pour les voyageurs, l'intervention des Noirs était rétribuée par une distribution générale de cigarettes et de monnaie (les voyageurs ne donnaient que des piécettes). On appelait ça « cigaretter ». Certains colons donnaient aussi des coups de pied. D'autres leur tiraient dessus. C'est pour ça qu'on les qualifiait de colons, évidemment.

En guise de remerciements, nous offrons au conducteur-crabe un peu de notre stock de Transkei Gold, non sans lui déconseiller d'en consommer sur les trajets en train. Nos dons sont reçus à la manière africaine, c'est-à-dire les mains unies et ouvertes en forme de coupe.

En fait, si notre hisseur-acrobate-crustacé avait reçu notre petit cadeau de façon rapace, lire haletante, je ne l'aurais pas blâmé. « Aaahhh ! Shame », comme disent les Sud-Africains pour souligner leur empathie au sujet de tout et de n'importe quoi. Il est vrai cette sous-espèce de cannabis entraîne souvent, chez certains sujets, une forme de dépendance.

Du type accro, dans le genre : « Où est la pharmacie du village ? *Schnell !* où se trouve le drugstore du bled, qu'on aille le défoncer ? »

J'ai déjà vu. C'est possible. Nul n'aurait pu le blâmer, le hisseur-acrobate-accro, s'il s'était enfui avec tout notre avoir. « Es ist Toliziert ». Et puis ici, en Afrique, les forces de l'ordre, on ne les rencontre pas souvent. Tout est « toliziert », toléré.

Comme quoi, il existe plus d'une façon de voir l'Afrique. À cet instant, Nours et moi cherchons seulement à scruter le mystère de la rivière, à pénétrer son âme insondable et boueuse. Que nous réservera cette étendue d'eau brune qui coule doucement sur 2500 kilomètres pour aller s'oublier dans l'océan Indien ?

Nous ne sommes que des errants sur une terre préhistorique, une terre qui a l'aspect d'une terre inconnue, d'une vaste périphérie de la zone. Une terre toutefois quadrillée par tous les satellites géostationnaires et autres de la planète. Un jour, nous comprendrons ce paradoxe. Je suis confiant en la science, mais pour l'instant, je m'affaire à plus important. Il faut que ce périple interminable se poursuive, puisque c'est écrit dans le plan de projet. Fini le gargarisme intellectuel. Il faut arrimer notre matériel à bord de nos vaisseaux. Nours se tâte encore les parties, c'est une vraie tare, son obsession. Qu'ont-ils donc tous les deux, Igal et lui, à revisiter sans cesse leurs membres fantômes ? Dans le cas de Nours, évidemment, le membre ne restera pas toujours fantôme.

Nous revoyons ensemble la planification, tout le dossier du projet. Ce document synthétique dont la fonction est de préparer la décision du maître d'ouvrage à chaque jalon du parcours, tout le pilotage. Indispensable.

L'aire d'embarquement fourmille d'une quantité innombrable d'enfants de tous âges. Tout sourire, comme toujours ! Certains se faufilent entre nous pour demander qu'on les emmène, les chenapans ! D'autres, qu'on les adopte. D'autres encore cherchent tout simplement notre regard et clignent des yeux, sous l'effet de la timidité, lorsqu'on les regarde en retour.

Le départ approche et Igal n'en mène pas large. Il a perdu son sourire. Notre nouvel ami est plutôt pâle et ses yeux exorbités en disent long sur son angoisse. « Aaaahh Shame, Baby Shame ! » Pauvre Igal ! Pauvre petit père ! Il faudrait lui dire quelque chose pour le rassurer, mais les ricanements et les fous rires nerveux prennent encore le dessus. C'est la faute des biscuits ! En période creuse, lorsque l'inspiration et la dignité humaine nous quittent, nous nous cachons souvent derrière des enfantillages. Ce genre de conduite est véritablement puérile, j'en conviens.

Mais tout s'explique : Nours et moi, nous avons cessé de grandir. Je veux dire par là que nous nous refusons d'entrer dans le monde des adultes. Le ricanement, c'est une cure de rajeunissement intérieure. Est-ce à dire que nous sommes imparfaits ? Je ne saurais l'infirmer. Pour l'instant, Igal, le courageux Igal, n'en devine rien. Pas la peine de lui expliquer, de toute façon. Ses émotions l'accaparent trop. Et puis, il faut tout de même qu'il apprenne à s'armer pour faire face à notre imbécilité, à notre insouciance et à notre goût de l'aventure. Car le plan, en réalité, c'est de profiter de la connaissance qu'il a du terrain. C'est ça, notre nouveau plan. Il faut bien que jeunesse se passe. Mais le pire est que la nôtre ne cesse de se complaire en son état. S'il aspire à occuper quelque poste-clé dans l'organigramme de notre projet, s'il veut jouer un rôle actif, le rôle de maître d'ouvrage, par exemple, il faudra qu'il s'implique, l'Igal.

Nous sommes passés maîtres dans la planification et la mise en œuvre des grands et petits projets. Mais, bon ! Nous ne sommes pas faits pour n'importe quel travail. Ramer, ce n'est pas mon fort.

Igal est le seul du groupe qui a quelque expérience dans le domaine de la navigation en pirogue. Un canoteur chevronné, voilà ce qu'il est, et de plus, il a la mise appropriée, la tenue « safari » : shorts, chapeau et chemise kaki. Malgré son expertise, le destin ne l'a pas épargné. Il en chie dans son froc. Une vraie flaque, et odorante en plus ! Tous ces dieux et sous-dieux ne sont pas obligés d'être justes et équitables envers leurs créatures. Même les dieux hébreux. Igal en est la preuve. Un brave garçon, plus petit que nous deux, un éclaireur chauve, qui va mener notre groupe en vrai chef.

Non, ramer, ce n'est pas dans nos cordes. C'est clair : rien que cet effort nécessaire pour avancer le moindrement nos embarcations, à bout de bras, rien que ça, l'effort, nous donnera bien vite l'envie de nous allonger sur la berge et de piquer un roupillon. Maudit cannabis ! On ne pense qu'à manger et dormir. C'était à prévoir. Dans quoi s'est-on embarqué, sainte Pitoune ! Saint Simonac !

Nous voici maintenant sur la rivière. Que de rebondissements dans la mise en œuvre de ce plan magistral. Notre destinée nous appelle. Vivent les plaisirs extrêmes de l'aventure balisée. En attendant les promenades pour chaises roulantes sur les bords de mer au Mexique, nous voici en route pour une balade en pirogue sur le « New Zambezi », le petit frère du Zambèze : le Chambèze. Ch'est Cha ! « Que Viva l'avventura ! » Et maintenant, chantons tous en chœur : « C'est-l'aviron-qui-nous-mène-qui-nous-mène. C'est-l'aviron-qui-nous-mène-en-rond ! Hé-Hé ! »

CHAPITRE XVIII

Igal raconte le Zimbabwe

Le courant est puissant. Nous naviguons sans effort sur cette coulée mystérieuse qui nous entraîne vers l'intérieur des terres. Sous le soleil qui plombe, nous voici au cœur de l'ombre. Encore un paradoxe.

Ce Chambèze est large comme une autoroute. Nous sommes pourtant seuls. Pas d'effort soutenu à fournir, pour le moment. Rien qu'une douce et tranquille dérive. Pas de rapides dans cette partie du trajet. On se méfie tout de même de l'eau qui dort (et du gardien des eaux). Le pire s'en vient peut-être. Ce voyage, Nours et moi, nous n'aurions jamais dû l'entreprendre. Nous aurions pu nous en passer.

La glisse de nos embarcations est si douce que nous avons l'impression de planer sur l'eau, comme suspendus sur un léger coussin d'air. Ça change du train, du martèlement des essieux sur les traverses. On n'a plus besoin de fumer des pétards de Transkei Gold pour voguer sur un nuage. Au fond, pour accéder aux paradis artificiels, une pirogue suffit. Rien de plus magique.

J'ai tout de même mangé quelques biscuits, ce matin. Enfin ! En attendant qu'on se lasse du nirvana et que les effets euphorisants des biscuits s'évaporent, on profite. La végétation et la faune des berges arborent des couleurs de plus en plus vives et contrastées. Les échassiers aux becs en forme de cuillère à soupe, les merles couleur de métal pourpre et les alcyons, ces martins-pêcheurs d'acier trempé ne cessent d'alimenter le trip psychédélique, notre vision de ce pays insondable. Tous ces beaux oiseaux sont-ils également comestibles ? Il faudra essayer.

Dans cet espace sauvage, où les herbes hautes des berges encadrent le fleuve d'un rempart impénétrable, surgit, de temps à autre, un village. Avec leurs toits pastel de tôle arrachée, empruntée, volée aux voitures, aux écoles de l'État, aux déchets industriels, on ne les rate pas ces villages. Non plus les bandes publicitaires. C'est inévitable et immanquable quand on a soif. Et les biscuits donnent soif, c'est bien connu. Nous accostons à l'occasion pour des bières fraîches ou des boissons de bulles et nous repartons peu après. La sieste, ce sera pour plus tard.

Igal mène le convoi fluvial d'une seule main de fer. C'est un chef. Son courage est revenu après une sérieuse crise de larmes ponctuée d'encouragements de notre part. Cet incident lamentable semble avoir ragaillardi notre homme. Nours me précède de peu. Je transporte les vivres ; Nours, les sacs de couchage et les tentes ; Igal, le nécessaire de réparation, les cartes et les outils. Nous voyageons légers. Les conserves, c'était un peu lourd, alors nous avons gardé seulement de grands classiques comme le cassoulet recette Grand-père.

Nous sommes tous équipés de cannes à pêche télescopiques et d'agrès de pêche appropriés, tous plus esthétiques les uns que les autres, et inutilement fluorescents. Car c'est chose connue, les poissons sont myopes comme des taupes. Et dans cette coulée d'eau boueuse, les yeux : inutiles. Le truc des « naturels », c'est de beurrer les leurres de chair de tortue. D'après eux, les poissons carnivores adorent la chair de tortue d'eau douce. Évidemment, on en trouve juste à côté du rayon des surgelés, disponible dans tous les supermarchés et magasins à rayons du coin... bien sûr ! Nous n'allons quand même pas apprêter nos leurres avec la recette de Grand-père ! Faut pas charrier !

En plus, les recommandations des naturels-blacks-noirs-indigènes sont sans équivoque : nous aurons besoin de gris-gris. Rendus où nous sommes, c'est à dire nulle part, mais tout de même dans une des phases décisives du projet, tous sont d'accord : les gris-gris sont indispensables. Absolument in-dis-pen-sa-bles, pour assurer le succès de notre entreprise. Bon.

Les gris-gris doivent être fabriqués par le sorcier des poissons : le « witch doctor » des eaux. Les gris-gris, on les porte de toutes les manières possibles. Il n'y a aucune règle précise à ce sujet. L'étiquette suggère le port au cou. Mais on peut aussi bien les coincer sous les aisselles, dans un pli de la chemisette, à l'aide d'une épingle de sûreté, les baigner dans la sueur des « dessous » de bras ou dans les plis des testicules. C'est permis.

Le pouvoir maléfique des gris-gris, on y croit ou on y croit moins. En indécrottable Occidental, il m'est difficile de vénérer l'esprit soi-disant protecteur d'un sac de peau vermoulue qui pendouille à mon cou. Dont l'odeur me rappelle une armée de crevettes putréfiées. Et qui va me protéger des attaques de crocodiles, guérir mes plaies de cœur, et attirer les femmes comme le miel attire les mouches. Mais bon, on y croit ou on n'y croit pas. Sur le sujet, Nours hésite. Ambivalent. Parfois je sens qu'au plus profond de lui-même, il leur reconnaît un pouvoir.

Igal, lui, n'achète rien qui n'ait une griffe. Rien qui n'ait un sceau de qualité tamponné dessus, une garantie de renom. Je ne peux commenter les effets de la chose, ma dernière sauterie remonte à des années-lumière, du temps que j'étais une bête et que je chassais toutes les espèces animales. Si c'est bien de ce pouvoir dont on parle. C'est possible. Tout est envisageable. Mais je n'en crois rien.

Pour moi, c'est simple : tout ce qui évoque un crustacé est radié de mon univers. Les crustacés et moi entretenons une longue relation d'amour-haine, une de ces relations ambiguës d'homme à aliment.

Par extension, j'y inclus aussi les gris-gris. À cause de l'odeur des crevettes. Je l'ai dit.

Les bénéfices de ces gris-gris, pour y revenir, sont difficiles à mesurer. Il y a des gris-gris pour tout : pour l'amour et le sexe, évidemment. Pour le bonheur. Pour la navigation en pirogue ! La pêche miraculeuse, le succès dans les affaires, les bonnes récoltes, et toute la panoplie des ambitions de la petite vie qu'on mène ici-bas. Ce qu'il y a de certain, c'est qu'avec eux, la vie qu'ils doivent protéger a déjà un pied dans une autre dimension, celle des esprits.

Au moment où on voulait lancer les pirogues à l'eau, un vieil homme m'a adressé la parole. Je dis bien : un vieil homme, car il avait l'air aussi vermoulu que les petits sacs qu'il voulait me vendre, le vieux. Avec tous ses trucs au cou, ses habits semblables à un de ces arbres indigènes, l'arbre à saucisse, il était tellement encombré de gris-gris, il ressemblait tout à fait à un étalage de souris.

Il s'est adressé à moi en ces termes :

— Chef ! Prends le gris-gris, c'est pas cher. Les crocodiles te laisseront filer comme un cousin. Ils n'aimeront pas ta chair.

Je m'arrête, le dévisage. Encore une autre carte routière. Son visage. Des pistes, des chemins et des routes.

— Pas cher, c'est combien pour toi, old man ?

— Le gris-gris n'est pas cher, donne-moi ton prix.

— Combien en veux-tu ?

— Tu comprends, je ne peux pas te donner un prix. C'est pas cher. Donne-moi un prix. Tu comprends ? Ce n'est pas la coutume. Un gris-gris, ça n'a pas de prix.

Argumentaire habituel du commerçant de la rue. Ça, c'est clair, ça ne s'apprend pas sur les bancs d'école. C'est de la pure buissonnière.

— Et tu le portes autour... Il fait un geste circulaire et généreux... comme ça.

Je l'ajuste sur mon torse. La pochette de chiffon sale pendouille maintenant à mon cou.

— Oui. Hé ! Tu l'as l'affaire, toi ! Tu connais ça, Chef !

Encore une tape dans le dos.

— C'est ça... je connais ça.

Je paye. Il s'agit toujours de son prix, en fin de compte. C'est la loi du marché, quand nous sommes pressés d'en finir avec des us et coutumes que nous maîtrisons mal. Un peu plus et je lui demandais comment allait la santé de ses poulets, tellement la discussion prenait des allures de formules de politesse protocolaire. Il doit venir d'une lignée de commerçants sénégalais établis sur les bords du Chambèse, sinon je ne m'y connais pas. « Je t'y dis ».

Cordelette au cou, voici maintenant venu le moment de la prescription, de la posologie, des informations pratiques. Le vieillard se lève péniblement, pendant ce qui me semble une éternité. Comme s'il avait pris le temps de réajuster son âme égarée à celle de son corps pelé, sec.

— N'oublie pas de te laver aussi avec le gris-gris.

— Mmmmhh ? Me laver ?

— Oui, en tout temps, tu dois porter ton gris-gris.

Il prend un air soucieux, fronce les sourcils et écarquille les yeux.

— Tu plaisantes, old man. Quand je me lave, je suis nu comme un ver de terre. À poil.

Comme je ne me lave pas très souvent, ça n'a pas trop d'importance, vraiment. Je soupire. Un de ces lourds soupirs, épais comme seule l'Afrique en génère. Et puis, les explications, ça m'ennuie. Faut-il que je lui explique encore par quelle partie du corps je commence ma toilette, l'ordre des libations ?

— Non. Non, mon ami. Toi, tu es mon ami, chef ! Tu comprends, le gris-gris, il a un pouvoir, il tire sa force de ta force. Il ne doit jamais te quitter. Même quand tu te laves.

— Et le matin, en me rasant ?

— Oui, chef. C'est ça, chef.

— Et le soir en me dégivrant les oreilles avec le savon ?

— Oui, en tout temps. Toi, tu connais ça, chef ! Mais pas de savon sur le gris-gris.

— Mmmhhh…

Et là, le vieux se perd en méandres obséquieux et empruntés. Le voilà tout en politesses, en salamalecs interminables. Un sourire presque obscène lui fend le visage de la tête au pied. Il me tire sa révérence. Il prépare sa sortie. Le programme est terminé… On ferme radio gris-gris.

Tout ça pour se protéger des crocodiles. Encore faut-il qu'il en reste. Car on les mange, par ici, viande ! Le sorcier et le respect des coutumes garantissent le pouvoir de ces fétiches. Mais les coutumes changent, tout le temps. Elles sont tout simplement impossibles à suivre au jour le jour, puisqu'elles changent d'heure en heure, de minute en minute, sujettes aux caprices des dieux et des hommes dans cette terre obscure et maudite. C'est un voyage aux pays des ténèbres que nous avons fait, je te le dis.

Lorsque le pouvoir du gris-gris tombe, le sorcier invoque le non-respect des traditions. Ça, c'est clair. Et là, on est foutu. On se fait manger, un peu comme Nours. On se fait grignoter par un vieux saurien.

La noirceur est tombée. La nuit a avalé la rivière, la forêt et tout le reste. Les feuilles, les troncs, les pierres ; les villages, les berges, les animaux, tout. Elle est tombée comme un rideau malveillant sur notre campement. Il ne reste qu'une petite lumière dans toute cette nuit, tel un petit bout de langue cachée dans ce visage à l'expression impénétrable. C'est le reflet jaune et malicieux de la lune sur les remous de la rivière. Une lune timide qui se cache derrière les frondaisons et la ouate sale des nuages.

Dans notre entourage immédiat, à dix mètres du feu à peine, la rosée aura vite déposé une couche de perles d'eau sur toute chose. Détrempés par l'humidité, les bosquets crasseux aux larges feuilles et les roseaux qui s'avancent dans la masse gluante de la rivière dégagent une telle vapeur d'eau qu'il se forme de petits nuages suspendus à hauteur d'homme, statiques dans l'air de la nuit.

Le petit feu réchauffe nos avant-bras endoloris. La rivière clapote gentiment sur nos embarcations, comme si elle tentait une caresse pour ceux qui l'explorent. Les criquets font leur concert, les grenouilles croassent. Le vacarme devient agaçant. Toutes les musiques de la forêt s'installent tour à tour en arrière-scène. Puis, viennent des solistes. Ce sont des cris, des hululements, des hurlements aussi. La noirceur de la nuit nous a tous réunis, nous — le petit groupe des trois perdus —, la rivière et son mystère, dans un projet commun dont l'objectif demeure impénétrable.

18 avril 1873 — Passé toute la journée au bord du Tchoma, cours d'eau boueux venant du nord et qui va au sud-ouest rejoindre le Tchiséra ; il s'est ouvert un lit profond dans la fange de ses rives. Il a une largeur de dix-huit mètres, trois ou quatre pieds d'eau par endroits, et n'est pas guéable ailleurs. Le poisson, l'hippopotame, et les crocodiles y abondent.

Igal prend la parole.

Il parle l'anglais avec un accent distingué, « posh », alourdi par l'influence anglo-saxonne de la haute société et des bonnes écoles. Et sa pensée est claire. Il commente d'abord la journée. Selon lui, la conduite de ce projet est une réussite. Puis, recroquevillé sur les flammes vacillantes, bien assis sur un tertre, il se met à nous raconter l'histoire du pays.

— Tout débute en 1819, quand Shaka Zoulou, ce grand chef Zoulou, inflige une raclée à Zwide, le chef des Nwandwe. Plusieurs des vaincus battent alors en retraite vers le Nord, et, vers 1821, Zwangendaba, un sous-chef de Zwide, dirige un groupe de ces réfugiés dans la baie de Delagoa. Il y rencontre Soshangane, un cousin, en fait quelque chose comme un frère de sang de Zwide.

Le vent s'élève dans les branches. Igal recule un peu parce qu'une bourrasque lui souffle quelques étincelles au visage. D'un geste, il protège naturellement son bras amputé, comme si un autre danger allait lui arracher le peu qu'il en reste ou le priver de ce qui n'est déjà plus.

Nours se tourne vers lui :

— Ce Shaka Zoulou, pourquoi se battait-il contre Zwide ?

— Je n'en sais rien, répond Igal. Peut-être une histoire de vaches, d'appropriation des moyens de production, et de pâturages. Ou peut-être une histoire de femme.

— Bon. Alors, continue.

— Zwangendaba poursuit son chemin, donc.

— Zwa'aba, qui c'est, celui-là ?

— Zwangendaba, ZWAN-GEN-DA-BA répète patiemment Igal. Le sous-chef de Zwide, le même qui a quitté la baie de Delagoa.

Nours rentre les épaules. On ne saurait dire, à première vue, si c'est le coup de fraîche, de rosée dans la nuque et les épaules, qui l'amène à cela, ou si c'est la hantise d'une nuit au cœur de la brousse. « Gott sei Dank ! ».

— Sur son chemin, il rencontre aussi Nxaba, un autre sous-chef de Zwide qui avait fui le grand Shaka Zoulou.

— Shaka, Zwide, Zwangendaba, Shoshangane, et maintenant Nxaba. On s'y retrouve. Tu peux continuer, lui dis-je.

— Les trois vont attaquer les « naturels » d'ici, les Tsongas. Ils en font des prisonniers qu'ils intègrent à leur armée et continuent leur route vers le Nord.

Igal fait une pause et frotte son visage de son avant-bras velu. Il bâille longuement, la bouche grande ouverte. En un bref instant, une molaire aux couleurs mordorées scintille à la lumière du feu. C'est contagieux, son truc. On se met tous à bâiller.

— En 1835, Zwangendaba et ses guerriers traversent la rivière Zambèze.

— Et si tu te trompais d'une année, professeur Igal ? ironise Nours.

— Je ne me trompe pas. Tu désires que je m'arrête. C'est ça ? N'est-ce pas ?

J'interviens discrètement du regard et, d'un geste de la main, je lui fais signe de continuer. J'ai toujours aimé les histoires au coin du feu. Peu importe les âneries qu'on raconte. Il y a toujours énormément de magie. Une magie indescriptible. Aahh… le feu ! Eh !

Un peu maniéré, Igal rattrape son bras et son souffle. Il poursuit au passé.

— Quelques années après que Zwangendaba eut quitté la région du Kwazulu-Natal, il fut suivi par Mzilikazi. Encore un autre chef qui avait servi sous les ordres de Shaka Zoulou et qui s'enfuit avec ses disciples, ses femmes et ses guerriers vers le Nord.

Nours éclate de rire.

— Meallie — zi — Meallie pap ! Quel nom à dormir debout ! On dirait une sous-espèce d'arthropodes, cousine des mille-pattes, des chenilles et des scolopendres. Ah non, j'ai compris, il est né dans la polenta !

— Mzilikazi. MZI-LI-KA-ZI. Imbécile. Ces guerriers terribles étaient craints comme la peste. Ils s'étaient donné un nom : les Matabélés.

— Meallie-zi Meallie-zi ! Quel torchon de nom ! Banal… et voilà Nours qui s'englue dans un fou rire incontrôlable.

Igal brave, imperturbable, les quolibets et les railleries de l'ami Nours, et poursuit sa leçon d'histoire.

— Les Matabélés, on les appelle aussi les Ndébélés de la Rhodésie.

Je ponctue d'un « Well, indeed ».

Une vague réminiscence d'un hold-up en pays Ndébélés me revient. Ça devait être la quatrième génération de descendants de ces Matabélés, les arrière-arrière-arrière-petits arriérés… Je chasse vite de mon esprit cette scène terrible, celle du sang qui pissait, du liquide rouge qui jaillissait de Kombolwe comme d'une fontaine.

Les flammes du feu dansent une drôle de gigue que je ne sais déchiffrer. Plus je me concentre sur leur arythmie, plus j'y mets d'efforts, plus les scènes du hold-up s'évanouissent. Feu, feu, joli feu. Bon, suffit le scout. Méfions-nous de ce qui peut arriver aux professeurs d'histoire, tout de même.

— Plus tard, le Maseko Ngoni fuit Mzilikazi… Il serait devenu fou, cruel et tyrannique. Mais jamais, au grand jamais, il n'élevait la voix. De sorte qu'on ne pouvait jamais, au juste, savoir si Mzilizaki allait demander à ses braves de vous trancher la gorge après avoir gentiment reçu vos prétentions. Insondable, le Mzilikazi.

Vers 1845, Zwangendaba meurt. Ntabeni, le roi, meurt également. C'est complètement inattendu. Nouveau coup de théâtre : Ntabeni et ses guerriers quittent l'armée royale. Ils se dirigent vers le Nord. Ils marchent sur les berges du côté est du lac Tanganyika et s'établissent finalement dans le District du Kahama.

— Tout cela devient bien compliqué, Igal.

Nours renchérit :

— Oui, plutôt. Je pensais que tu allais nous chanter une berceuse animalière pour nous mettre au lit. Ton histoire, c'est plus une équation quadratique qu'autre chose.

L'historien poursuit son récit en se rapprochant du feu.

— Un disciple de Zwa, nommé Zoulou Gama, quitte alors sa région plus au sud, à la tête de son armée et marche sur les Tsongas. Là, il évite la bataille, rencontre Maseko Ngoni… mais bientôt le quitte. Plusieurs guerriers et leurs familles restent sur place. Ils s'y établissent.

Nours l'interrompt.

— Je ne comprends plus rien à ton histoire. Et c'est pas reposant. Que s'est-il passé après cette date ?

— Que veux-tu encore insinuer ? lui répond Igal, en s'inspectant les ongles.

— Rien, si ce n'est que ton histoire s'arrête vers 1845. Avant toute cette épopée, il a bien dû se passer un quelconque fait d'armes, une histoire de mari trompé, une famine, une appropriation des ressources productives, une grève des épiciers — enfin quelque chose... n'importe quoi ! Et avant ces dates, Doctor Igal ?

— Non. Rien.

— Non ? Mais voyons, Igal !

— Rien. Non, je vous l'affirme. Il ne s'est rien passé. Rien qui vaille la peine d'être noté, relaté.

— J'ai du mal à le croire.

— Non, rien, affirme-t-il péremptoire, fier cavalier dressant son bras valide.

— Ah ! Bon. Alors, je présume que c'est normal.

— Bien sûr ! C'est évident, où sont les écrits ? Que reste-t-il ?

Il est vrai qu'en l'absence d'écrits, de rapports minutés, de comptes-rendus et de journaux de campagne, on ne peut présumer de rien. L'histoire devient conte, une sorte de fabulation.

Sans les livres sur lesquels Igal, je présume, appuyait ses histoires au coin du feu, nous ne pouvions que lui concéder la véracité de ses dires.

Reste que les histoires réelles sont toujours un peu ennuyantes.

Même le grand Burton fabulait. Il a été le premier Occidental chrétien à entrer à La Mecque déguisé en pèlerin. Peut-être n'y est-il jamais allé, peut-être a-t-il basé tout son récit sur les récits de gens rencontrés dans ses voyages. Va savoir ! Igal a dû tout lire sur la question. Ne jamais mettre en doute la force des écrits, telle est notre devise !

Sur cette fin en queue de poisson, nous nous quittons en nous souhaitant une bonne nuit. Quand même ! On oublie vite, y compris les âneries. Nous rentrons dans nos tentes respectives. Je jette un dernier coup d'œil avant de m'enfermer. Nours met quelques grosses branches de bois d'acacia dans le feu qui se ravive doucement d'une flamme bleue. Une toute petite flamme, essoufflée, malicieuse.

CHAPITRE XIX

Perdus dans la jungle

Ces journées en pirogue resteront à jamais gravées dans ma mémoire.

Du coup, tout est devenu clair. J'ai compris une première chose. J'ai compris qu'il n'y avait plus un seul endroit sur la terre qui soit vraiment hospitalier, pas même sur l'eau. Et qu'il ne faut rien tenir pour acquis. Surtout en Afrique. Plutôt se méfier de tout. On ne le répétera jamais assez. OK ! Il faut quand même vivre un peu, se laisser aller, profiter quand ça passe, fumer des pétards. Le bonheur, les bonnes occasions, le plaisir : ça on sait encore faire ! Et prier ! Prier pour que tout aille bien. Ça aussi on sait faire. Mais l'eau, il n'y a rien de plus traître que l'eau.

En quelques jours à peine, la chaleur avait pris le dessus sur l'hiver. Les arbres avaient à nouveau des feuilles. Tout avait l'air d'avoir poussé subitement durant la nuit. La fournaise s'était définitivement installée. Du coup, on regrettait le froid sec de l'hiver, ces moments de la nuit à Jo'bourg, où il fallait manger des saucisses au coin des rues pour se réchauffer près des feux des commerçants. Le froid que nous fuyions était maintenant devenu l'objet de nos phantasmes, mettons... enfin de nos envies et de nos désirs. Qu'on nous annonce la couleur de ce qui nous attend, au moins. En Afrique, rien de tel. Un matin, on se réveille, et voilà qu'on moisit dans la moiteur, qu'on surit dans nos chemises. On approchait des tropiques.

On pagayait doucement vers la côte, sur cette rivière, le Chambèze, un vrai fleuve, en fait, et qui n'en finissait plus de couler. Igal en tête, comme toujours. Ce matin-là, nous étions oppressés. Comme dans une étuve infiniment tiède, lourde. La touffeur, l'eau de nos gourdes, l'onde, l'air, les perlettes de sueur dans nos sourcils, tout : tiède ou chaud.

Désormais, quelle que fût l'heure du jour ou de la nuit : impensable d'avoir plus quoi que ce soit de frais sous la main, sous le derrière, entre les jambes, dans la gorge. Comme une bonne bière froide entre les cuisses, quand on fait la pêche aux brochets dans les Laurentides.

Restaient seulement quelques boissons gazeuses achetées dans les rares commerces des villages croisés. Parfois, la bourgade n'en avait pas. Même pas un dépanneur. Pas un maudit ! Le fleuve n'était pas assez profond. Partout, il recelait des écueils. Une eau glauque enserrée entre des bancs de sable grands comme les Îles-de-la-Madeleine. Trop petits, les villages pour avoir des navires-commerces qui viendraient s'enliser ici.

On était seuls. Résignés, on s'enfonçait au cœur de l'autoclave. Il n'y avait même plus d'horizon. Rien que des plantes à perte de vue et des fleurs spectaculaires qui s'épanouissaient, plus attrayantes les unes que les autres. De vraies affiches publicitaires, ces fleurs. Encore un stratagème pour attirer les insectes et les oiseaux, eux aussi en surnombre.

Igal jouait le rôle du cartographe. Son mandat : repérer les récifs sur la carte, et comme il était le seul à posséder une carte, Nours et moi lui faisions une confiance aveugle.

On pénétrait donc de plus en plus profondément dans les terres, dans ce qui nous semblait être des régions presque vierges. Les rencontres d'homme à homme se faisaient de plus en plus rares. Les commerçants des bourgades voyaient en nous des frères, comme tous les commerçants du monde, mais les autres nous évitaient. Après tout : pourquoi fraterniser avec des intrus armés de préjugés, des Petits Blancs, des touristes ?

Après quelques jours de cette descente, un drôle d'événement se produisit. Autant le dire tout de suite : cela nous prit de court. Au détour d'une dénivellation importante des berges, une famille apparut sur la rive, sans doute coincée par les bords escarpés de la rivière. À peine vingt mètres nous séparaient d'eux. On pouvait même apercevoir le volatile qu'ils braisaient sur le feu. La fumée du bois encore humide, vert. Les rigoles sur le sable boueux. Pris de panique, ils déguerpirent, terrorisés.

Nours essaya en vain de les interpeller, de sa grosse voix rocailleuse :

— Hé ! Ne partez pas ! N'ayez crainte… Restez… Juste une photo, une seule ! Allez !

Rien ne pouvait les amadouer, même pas un Nours débonnaire et ventru.

Surprise totale. Terrorisés qu'ils étaient, ils avaient oublié leur dernier-né. Le petit mousse s'égosillait à tue-tête sur la plage constellée de coquilles vides et de débris végétaux.

Igal, notre chef, tente alors de le rassurer par des gestes apaisants, mais perd patience devant l'incontinence du gamin. Car le petit n'arrête pas d'uriner. Il pleure, les deux pieds dans la pisse. Igal finit par l'invectiver. Il s'active, notre Igal, trépignant de colère. Il faut les calmer tous les deux avant que les parents ne nous attaquent avec des pierres ou les couverts du repas !

Complètement tétanisé, le petit « pit ». Incapable ni de marcher ni de courir, les yeux révulsés, les bras lourds, il pleure. Les Petits Blancs vont me manger… « Welcome to Deep World » ! Tout ça nous fait sourire, Nours et moi. « Aahh !… shame, baby shame » ! Mais on comprend vite que le bambino ne s'amuse pas. Dire qu'à Jo'bourg les petits « pits » braquent les automobilistes ou déclinent le verbe travailler dans les onze langues nationales, c'est selon. Comme quoi on apprend vite la musique.

Nours débarque enfin de sa pirogue et prend le petit dans ses bras.

— Calme, calme, calme, petit homme. Chuuut...

« Ouuuinnn », qu'on lui répond, à en percer les tympans. Mammmaaaaa...

Nours redouble de câlins. Finalement, le bambin, s'apaise. Mais c'était contre nature : Nours, avec ses cent kilos, la rougeur de sa peau et ses cheveux foncés, n'avait rien d'une mama black. Pas rassurant du tout, le Nours, avec ses yeux rouges de paumé. Le petit recommença à pleurnicher et demander sa mère. Mais au moins, il avait baissé le volume.

Dès qu'on aperçut enfin les parents derrière les rochers, craintifs, mais rassurés par le geste maternel de mon gros Nours, on quitta les lieux. Ce n'était pas dans le plan de rester. On devait poursuivre notre lente progression sur la voie fluviale.

Quelques kilomètres plus loin, la situation se gâte. On a pris un de ces innombrables bras du fleuve, et ce devait être le mauvais. Celui qui avait la gangrène. L'abominable méandre du petit frère Chambèze ou quelque chose du genre.

Soudainement, il n'y a plus de chants d'oiseaux. Seul le bruit du courant : sourd et teigneux. Encore une overdose de biscuits, sainte Pitoune ! Faut que je lâche ça, les biscuits au *ganja*, et la tisane aussi… Je sens alors mon pouls s'accélérer et mes tempes se rétrécir. Des gens, un attroupement de gens sur les berges, nous regardent, bien armés ! « Shit, Bro ! Holy Spook » !

Est-ce un autre bad trip ? Des brigands ?

On est revenus au Moyen Âge ?

Ils ont des lances, de vraies lances, les bandits ! Que faire ? Des pirates de rivière, est-ce possible ?

— Igal, es-tu certain d'avoir pris la bonne direction ? lâcha Nours à voix feutrée.

Silence.

Igal ne répond plus, il a vaincu sa peur, celle de s'être embarqué dans cette aventure. Nous ne faisons plus partie de son monde. Sa tête est peuplée d'histoires, de guerriers et de dates insignifiantes. Il continue de pagayer.

— Igal, cria Nours, que se passe-t-il ?

Igal, il en avait vu d'autres, il devait prévoir le coup. De toutes ses forces, il pagaye et fonce vers la rive opposée, fendant le banc de sable, à la grande stupéfaction des hommes armés. On le suit dans son sillon même. Les projectiles et les filets nous tombent dessus, ne nous manquant que de peu.

C'est totalement, absolument surréel. Comme dans mes pires cauchemars. Mais c'est bien ce qui se passe.

Le groupe d'agresseurs est maintenant disparu dans le feuillage. Faute de grives, on mange des merles. Deux kilomètres plus bas, on se regarde, on se tâte, encore étonnés d'être sains et saufs. Il s'en est fallu de peu.

Nous nous sommes échoué brièvement sur la rive pour reprendre souffle et aviser sur la marche à suivre. Igal sort le pistolet de secours, c'est bien maigre, mais ça peut laisser croire à d'autres, qui tenteraient de nous assaillir, qu'on est armés.

Puis, on se rembarque. Le reste du parcours se fait sous tension, sans aucun incident. Les brigands ont disparu.

Encore un voyage inutile dans la crasse du temps, que je me disais. Cette fois-là, j'aurais volontiers regardé un bon film, un film rassurant, une histoire « arrangée avec le gars des vues », du genre « Blanche Neige » ou « L'exorciste ». Avec un chocolat chaud, question de revenir sur terre, la bonne et douce terre que je connais, celle du XXIe siècle.

Nous avions été attaqués au même endroit où Livingstone l'avait été plus de cent années auparavant ! « Consanguinité excessive », « sampling trisomique perpétuel », enfin, « gospels révolutionnaires », « don't know. » Je n'y comprenais rien, juste assez pour savoir que j'étais, que nous étions, tous trois, sains et saufs. Ça suffisait pour ce jour-là ! « Genug ! » Assez ! « Basta ! »

J'aurais quand même pu m'acheter des gris-gris contre les brigands du Chambèze. Peut-être nous auraient-ils pris pour des disciples en chamanisme ? Et nous, nous qui n'avions toujours pas encore aperçu un seul crocodile ! Le dernier portait des lunettes sales. Quelle mauvaise plaisanterie !

La suite : je ne m'en souviens que trop bien. Igal le cartographe, Igal cœur de lion, Igal le brave conteur s'est dévoyé, fourvoyé, magistralement égaré. Lui, comme un aveugle lisant une carte, flanqué de nous, les deux navigateurs borgnes. Au lieu de revenir vers le fleuve, nous nous sommes enfoncés plus profondément par des cours d'eau impraticables, toujours plus que perdus dans ces bras innombrables du Chambèze jusqu'au point de non-retour.

Voilà ! Égarés, échoués à Nulle-Part, avec seulement quelques boîtes de cassoulet, quelques agrès et deux cannes à pêche. Et l'eau, cette masse brune, tellement boueuse cette eau, qu'aucun poisson n'y voit clair. Après les conserves, ce sera la disette. Il faudra bientôt se nourrir de vers de terre et de sangsues. Sans parler de l'entourage d'animaux fluviatiles, curieux et affamés. Ou de l'immensité sauvage, tout simplement. Ce n'était pas dans le plan. Merde.

Ahuris, écrasés, on décide de dresser notre campement. Un arbrisseau abattu, trois tentes montées, un feu allumé, on se sent tout à coup mieux, prêts en tout cas à affronter la nuit. Mais la nuit, ça ne s'affronte pas, surtout en Afrique. Si on peut l'éviter, mieux vaut. Tu te souviens ? Avec le bruitage de fond habituel, les silhouettes et les ombres furtives, la nuit ce n'est pas de tout repos. Et en plus, cette nuit-là, Igal n'avait pas la frite, c'est à dire qu'il n'était pas lui-même... donc pas d'histoires au coin du feu. Juste des conserves. C'est toujours mieux que des sangsues, note bien.

Le feu, la nuit noire, le trajet sinueux, les faits marquants des derniers jours : autant d'occasions rêvées de se pencher sur le planning et de consigner les jalons importants ! Mais on n'a rien fait. Nours et moi, nous n'étions pas d'attaque. Lui regagnait en santé tout de même : il se grattait moins les parties pubiennes. Et le plein air lui colorait les joues d'un beau rouge sanguin, mais il lui restait encore du chemin à faire, au sous-directeur de projet. Et Igal, qui n'avait pas la forme s'était enclavé en lui-même, comme un bernard-l'ermite. Impossible de lui tirer les vers du nez.

On a gobé le repas comme un œuf. Encore du cassoulet, des « beans » ! Directement cuit dans sa conserve, et servi de même. Le tout accompagné de quelques biscuits secs. On était pressés d'en finir de se regarder dans les yeux. Parce qu'évidemment, on ne cessait de les lever, les yeux. À chaque petit froissement de feuilles, à chaque craquement de brindilles, à chaque clapotis, on ne lisait que panique et terreur dans le regard de l'autre. Igal le brave, notre grand cartographe, resta muet comme une carpe, lui d'habitude si volubile.

Un frisson de l'air traçait une courbe en dents de scie sur la surface plane de l'onde. La journée avait été pénible : d'abord la chaleur moite, puis le guet-apens, la tension de la fuite, les cris d'un enfant qui pleure, des lances médiévales, la finale de l'égarement et de la progression lente... c'en était bien assez pour nos petits nerfs.

Je ne réalisais pas, alors, que ce serait la dernière fois que je verrais Igal vivant. Comme dirait Livingstone, nous rentrâmes dans nos abris. Igal nous assura qu'il allait voir à ce que le feu ne s'éteigne pas, le brave, toujours. Certaines natures portent les hommes qui ont frisé la mort, à la braver davantage. Igal était façonné de la sorte, intrépide devant l'inconnu, à l'aise dans le danger. Mais il ne savait pas lire une carte, il faut bien le dire.

La nuit ne fut pas tranquille. Épouvantable, plutôt. Rien que des bruits étranges : violent clapotis de l'eau sur la coque des embarcations, rires sadiques, rugissements de bêtes, cris étouffés, branches qui craquent, le tout à répétition, mais sans logique... Il faisait nuit noire. Un ciel goudronné.

Inutile de te dire que je n'ai pu fermer l'œil ! Enfin ! C'était tout comme, je me suis comme endormi les yeux ouverts. Tel un sujet porté à la lévitation astrale, je me voyais quitter mon corps et le voisinage, explorant l'insondable. Là, je faisais la rencontre des âmes et des esprits malfaisants. Qu'il y en avait, des esprits ! Esprit ! Elles y étaient toutes : les âmes moches, les âmes laides, toutes ces âmes qui erraient sur la terre semaient la terreur. Il y avait même, pour moi, un gnome railleur. Elles avaient dans leurs regards l'étincelle du feu lunaire, les âmes. Juste sous la prunelle des yeux. Un cauchemar !

Au lever du jour, les oiseaux se mirent à leur vacarme habituel. Ils étaient programmés comme des montres-réveils. Becs à l'unisson ! « On chante le lever du jour, on vous emmerde... on est encore vivants, nous », enfin quelque chose dans le genre. Dans ces moments-là, mon cœur d'ornithologue ne distingue plus les espèces des sous-espèces, je redeviens un prédateur. Le temps d'une chanson.

Les premières constatations.

Le soleil avait déjà chauffé nos tentes. Et merde ! Igal avait disparu.

Nous le cherchâmes, le brave Igal, une bonne partie de la matinée. En vain. Il avait disparu. Sa tente éventrée flottait sur le bras gangreneux de la rivière. Nours n'en revenait pas. Moi, avec mes cauchemars, je me doutais qu'il y avait du vrai dans l'affaire. Je me doutais bien qu'on ne lévite pas tous les jours pour saluer les esprits des morts. Mes cauchemars avaient été, en fait, un présage de sa disparition.

Il fallait bien se rendre à l'évidence. Igal, notre expert navigateur, s'était éclipsé sans laisser de traces. Disparu, volatilisé, l'oiseau. On aurait pu aussi se dire qu'il avait simplement filé à l'anglaise, lui aussi. Que c'était orchestré dès le départ. Peut-être était-ce pour que sa famille touche une prime de disparition ? Un stratagème d'héritier ? Et autres bêtises. Il fallait qu'on soit précisément à Nulle-Part pour qu'il choisisse de disparaître, l'Igal.

On ne savait trop que faire. Nours, plein d'une audace mêlée de dégoût, les pieds dans la fange, se taillait vaillamment un chemin dans les roseaux. Leur palissade faisait dans les trois mètres de hauteur. Nours avait espoir de retrouver une piste. En vain. Car le Breton n'avait pas le talent de Precious. Elle, la Precious, aurait élucidé cette disparition en moins de deux. Elle l'aurait certainement mimée aussi, avec ses talents uniques. Moi, je restais planté là, inutile, dépourvu, déconfit.

On ne savait trop que faire, c'était désopilant. Planter une croix ? Même là, des doutes. Ce serait condamner Igal à une sépulture non orthodoxe. L'envoyer sur un terrain glissant. Signaler sa disparition ? Très bien, mais à qui et comment ?

On attacha son embarcation à la nôtre. Les tentes furent démontées en un temps record. Après ces tâches, Nours et moi, on a pris la poudre d'escampette. La débandade. Tous deux, on est partis en peur, ramant comme des damnés pour leur salut, avec la chienne aux tripes et le cœur serré. Une maudite chasse-galerie. Si cela avait été possible, on s'en serait allés à pied par la terre ferme. En courant, évidemment. Mais il n'y avait ni route, ni chemin, ni village, à des kilomètres à la ronde. Rien que des murs de roseaux infranchissables. La peur des représailles de la part des locaux qui, à tout moment, pouvaient surgir de nulle part, la crainte d'une population ignorante et hostile au tourisme nous occupait davantage l'esprit que le chagrin d'une disparition subite et imprévue. On a sacré le camp.

On a regagné le Chambèze de peine et de misère, à la sueur de nos bras, et surtout à notre grand étonnement. Vite reconnaissable par sa largeur, son eau boueuse, ses rivages moins feuillus, il n'était quand même pas dit qu'on le retrouverait. Mais on a foncé sans pause ni répit. On a trouvé. Et on s'est arrêté au premier village pour pleurer notre disparu et raconter notre mésaventure. Le jour tombait.

Cette nuit-là, les secours se sont organisés dans un branle-bas, à coups de téléphones cellulaires, et de radios de brousse. Le lendemain, un hélicoptère de l'armée est venu inspecter les lieux et nous ramener dans une base militaire voisine. Là, des soldats nous ont posé mille et une questions inutiles. Toujours les mêmes, les questions. Il n'y avait aucune animosité à notre égard, il faut le dire. C'était la procédure.

Tout cela prit très peu de temps, somme toute. Par un formidable concours de circonstances, on s'est retrouvé au point zéro de notre foutu plan. Je ne me rappelle que très vaguement le retour : l'itinéraire de l'hélicoptère, les parcours en bus, les trajets du train. Le paysage avait beau défiler devant nos yeux, plus rien n'arrivait à déranger la douce déprime qui se lovait dans nos têtes. L'aventure tirait à sa fin.

Ce magnifique projet que Nours et moi avions si finement prévu, n'avait plus sa raison d'être.

CHAPITRE XX

Au bar de l'hôtel Lebuvu

Quelques mois plus tard, nous voilà attablés dans un de ces endroits populaires de Jo'bourg, l'Hôtel Lebuvu. Assis l'un en face de l'autre, ravis d'avoir une bière froide dans les mains. La salle est bondée : des hommes d'affaires aux complets vert olive, des putes faciles et des mineurs en uniformes délavés. Nos coudes restent collés à la table, gommée qu'elle est dans toute sa surface, la table, par une dizaine d'années de service et de clients malpropres.

L'heure est à la revue de projet, un jalon important dans toute mise en œuvre. C'est en fait la session de fermeture. J'engage la conversation :

— Les livrables formels du plan ont été confirmés après que la grille du partage des responsabilités ait été développée et vérifiée par les directeurs concernés. Nours ?

— Mmmhh ?

— Tu es d'accord avec ce principe de base, n'est-ce pas ?

— Pas vraiment.

— Aahh ?

Nous buvons chacun une gorgée de bière, en regardant réciproquement le fond de la bouteille de l'autre. Je poursuis, ignorant son désaccord.

— Alors, Nours, que penses-tu de ceci : chacun des éléments de la grille contenait une brève description du travail à effectuer et des ressources nécessaires ?

— Non… pas vraiment. Je suis en désaccord, me répond-il désintéressé.

— Et pourquoi donc ?

— Vois-tu : la grille de responsabilités, les engagements formels du plan et toute cette tartine que tu me fais, c'est une fumisterie. Ça ne colle pas.

Nours ajoute, après avoir repris une gorgée :

— Il y a aucun rapport entre notre plan et la réalité du projet. Il faut tout revoir.

Encore une gorgée de Zambezi « lager ». Nous nous enfermons dans le silence, l'un comme l'autre.

Une prostituée s'approche de notre table. Elle est plantureuse comme un chou gras. Son visage lippu arbore un grand sourire qui atteint presque les limites connues de l'élasticité corporelle. Nours fait un signe négatif de la main. Mais elle s'accroche et glisse lentement vers nous, les proies, telle une pieuvre dans l'eau. Elle fait semblant de prendre notre refus comme une invitation à venir faire causette et offrir ses services.

— Hi strangers, dit-elle. Where you from ?

— Nevermind, je rétorque.

— I suck your cock for five dollars… I suck gooood.

C'est franc et direct, au moins. Je n'ose imaginer la terreur dans son regard… ou son fou rire, si elle descendait le pantalon de Nours. Ça doit faire partie des aléas et des risques du métier. Où sont partis les bijoux de famille, mon minou ? Aaah ! On ne peut pas tout apprendre sur un banc d'école. À chacun son métier. Eh !

— I suck your cock ggoooood for two dollars… You really have a good good time. Come on with me…

— Non… No thanks. Not now. Non merci, ma cocotte. We have to work, lui dis-je.

Elle prend un air offusqué et répond :

— I'm working you know… you believe me ? I suck good !… Come on…

— Non. No thanks ! J'insiste. Nours reste coi.

Elle finit par comprendre qu'aujourd'hui, nous sommes sérieux. Elle n'était pas trop répugnante ni trop délabrée, mais son carnet de santé n'était probablement pas à jour. Et la voilà, la « working girl », qui vadrouille jusqu'à la table voisine.

Arrimés à leurs verres, trois hommes l'accueillent comme une diva. Le plus gros d'entre eux, un chauve à lunettes, étranglé par son complet vert olive, cravate rouge au cou, lui caresse déjà les cuisses. Elle nous fait un dernier gros clin d'œil en se retournant. Il faut croire que nous avons raté une sacrée bonne affaire.

22 mars 1873 — Les Manyémas achètent leurs femmes les uns des autres : une jolie fille vaut dix chèvres. Aujourd'hui, j'en ai vu une conduite au domicile conjugal. Elle marchait gaiement, accompagnée d'une servante et suivie de l'épouseur. [...] Beaucoup de ces jeunes filles sont jolies et admirablement faites.

— Comprendo ? me lance Nours.

— OK. D'accord. Comprendo todo.

Il faut, de temps à autre, savoir donner raison à ses amis, même s'ils odorent ferme et sentent la pisse, le pus et la charogne à plein nez.

Une sippe (une gorgée, en franglais) de bière, tout de même.

— Mais par où faut-il le commencer alors, le travail de reconstruction du plan ? je m'enquiers, dans notre langage technique.

— La grille de responsabilités n'était pas assez détaillée. Par exemple, je n'ai vu, nulle part, l'activité hold-up.

— Laisse-moi une chance, Nours. Tu comprends, j'en suis sûr. On ne peut pas prévoir l'imprévisible. Je ne suis qu'un directeur de projet, je me défends.

— J'aimerais voir un plan de projet qui intègre l'activité « hold-up » jusque dans son fractionnement des tâches, m'informe-t-il, ironique.

— J'espère ne pas avoir à répéter l'expérience. La vie n'est pas une répétition, tu sais... je ne...

— Merci pour la vie mode d'emploi, coupe-t-il. J'ai donné.

— Alors ?

— Il faut l'inscrire au plan, ce hold-up. Quand même ! insiste-t-il.

— ...

— C'est une tâche complétée, ajoute-t-il, pour marquer ses dires.

— D'accord, techniquement parlant, c'est complété. Mais je ne vois pas toujours très bien l'usage que tu veux en faire.

— Il faut prendre des notes, documenter.

— Aahh ! Là, tu as bien raison, il faut soutenir ces réalisations, documenter, je répète.

Encore une sippe (lire deux sippes) de bière. L'importance de la documentation est indéniable. Il s'agit, en quelque sorte, d'un legs pour les générations futures. C'est incontournable. Je peux conclure.

— Entendu !

Nous regardons dehors, tous les deux en même temps, par les fenêtres du bar. Un camion de l'armée s'arrête et trente soldats en descendent, sautant la barrière du panier où ils étaient tous sagement assis. Drôle d'habitude. Le clapet ne fonctionne probablement plus. Ils s'éparpillent aux quatre coins de la ville, tout sourire et avec force accolades. Leur journée de travail est finie.

— Et puis, comment « composter » le cas Kombolwe ?

— Je ne sais pas. C'est une sale affaire. Une bien triste affaire.

Nous buvons à sa mémoire. La voix de Kombolwe continue de résonner, du fond de l'obscurité. Nours est aussi peiné que moi de la mort de Kombolwe Mashiloane, la sainte. Quelle funeste destinée !

— Bien. Passons. Mais tu dois savoir qu'au Zim, les morts se réincarnent.

— Mmmhh. Non. Je n'en savais rien.

— Ils ont le choix de se réincarner en fille ou en garçon. Mourir est ainsi un moyen de changer de sexe. Les âmes avides d'impressions nouvelles sont comblées…

— Il doit y avoir des exceptions. Par exemple : ça ne doit pas s'appliquer aux Ungas chrétiens intégristes… répond distraitement Nours.

— Et je suis sûr que Kombolwe va vouloir revenir sous une forme masculine, j'ajoute. Très virile, même.

Et je pense aussitôt à un gros « bouncer » sympathique et poilu de deux mètres, qui triait les clients aux portes du Nick's Café.

Nours lit dans mon regard et explose d'un grand rire sonore.

C'est insolent, il faut bien le dire. La mort, c'est jamais très rigolo. Mais il y a un bout à tout, et la mort, après tout, ça n'est pas le pire. Imagine quand la souffrance devient interminable, la souffrance et le reste, les vers et la maladie, c'est bien pire que la mort. Et puis, ce n'est pas parce qu'on rit que c'est drôle.

Encore une tournée de Zambezi. Ce carburant est vraiment bon marché. Nours reprend la conversation, comme s'il était possédé par une pathologie nerveuse. Chez certains buveurs, la bière stimule le système neuro-sensoriel de manière asymétrique. Comme la strychnine chez certains ou l'absinthe chez les autres.

Deux soldats viennent de s'attabler à la table voisine et font du charme à Chou gras, la « working girl ». Tous les deux portent encore la tenue de combat, mais qu'à cela ne tienne, puisqu'ils sont beaux comme des portefeuilles. Et en plus, ils portent l'uniforme. Une concurrente arrive, des bruits de poulailler et quelques cris se font entendre, mais tout rentre vite dans l'ordre. Le sourire est revenu aux lèvres, et Madame, ses grands yeux noirs brillent comme deux lampes très douces.

— Nous avions un projet. C'est simple non ? me demande Nours.

Nième silence... Vite, une coulée de Zambezi à la rescousse.

— Les engagements formels ont été réduits, reprend-il... Non, mais. Pour qui me prends-tu : une chaise longue, un « paléonigritiste » ? Je sais lire un plan.

— Chill, Bro, lui dis-je à mon tour pour le calmer, ce frère de toujours.

— D'accord, finit-il par me jeter après un long silence.

— D'accord, donc.

Mais la discussion reprend. Il ajoute à son tour :

— Rien. Tout de même. Je n'ai rien vu sur la planification du projet, celle qui consiste à organiser les recettes en séquence, de même que les ressources requises pour atteindre les objectifs.

— Rien ? je répète, surpris.

— Rien.

— La planification, c'est le cœur de la gestion de projets. Si j'ai manqué de méthode à cette phase initiale, il y a faute professionnelle.

Je lui avoue ceci à demi-mot, comme en cachette, presque honteux de mes actes inconséquents. C'est tout de même une technicalité.

— Parle-moi-z-en, répond-il.

Visiblement, l'alcool commence à engluer ses paroles.

— Alors, il faut documenter, lui dis-je.

— Il faut noter, conclut-il en calant sa bière.

Il commande une autre tournée à la waitress.

— Te rappelles-tu seulement ce que tu m'as confié lorsqu'on a franchi le Limpopo… Quelque chose comme : « Le fleuve est franchi. Sur l'autre rive, commence le pays du fétichisme, des gris-gris, des mauvais sorts, la patrie des anciens rois sanguinaires, le pays mystérieux où, en dépit de tous les efforts civilisateurs, les sacrifices humains et le cannibalisme se pratiquent encore, clandestinement, dans la profondeur des forêts ».

— C'était complètement archaïque. Alors là, je m'étonne moi-même, et le lui avoue.

De nouveau, mon regard vogue nonchalamment vers la fenêtre. Perchée sur la corniche d'un immeuble voisin, une antenne à ondes courtes, dernier cri des télécommunications, nargue les passants de la rue.

— Et c'est là qu'on a perdu le contrôle. Toi, en tant que directeur. Moi, en tant que sous-directeur, résume-t-il.

— Et, il y a eu Precious, ajoute-t-il encore.

— On l'avait presque oubliée. Elle ne faisait pas partie du plan, elle non plus, lui dis-je.

— Crois-moi, je m'en rappelle.

Il promène discrètement sa main dans le bas de son pantalon, comme pour estimer les dommages et compter ce qui lui reste de sa fortune génétique.

— C'était imprévisible. Sur cette lancée de confidences, j'ajoute : j'espère que tu mettais ta combinaison... on ne sait jamais.

— Non, justement. Alors là, jamais !

— Alors là, vois-tu : nous aurions pu prévoir la suite, le jardin potager, l'orangeraie, l'intervention du bon docteur, la pharmacie, l'enchaînement des tâches. Et inscrire au plan toutes ces étapes.

— D'accord, me concède-t-il.

— Et ta fidélité ?

— Je suis toujours resté fidèle de cœur. Me répond-il comme un seul homme.

Mais d'un regard, je constate déjà l'ombre darwinienne du double qui se dessine derrière lui. Une sorte d'aura coquine qui accentue l'absurde de la mise en scène qu'il a voulu créer par cet aveu trop sentimental, dégainé comme un automatisme. Cette maladie, c'était bien le désir. Nours et son insatiable appétit sexuel.

Un silence se glisse. Un client qui ressemble vaguement à notre Igal, unijambiste et chauve comme une bille, s'attable et passe la commande. En bruits de fond : le glapissement des prostituées et les rires tonitruants des noirs blacks indigènes paquetés (comprendre ivres morts) comme des buralistes soviétiques en tournée.

— Et le départ. Nous avons dû manquer de rigueur au départ de Jo'bourg. Je n'ai tout simplement rien compris à l'Afrique.

— Je pense plutôt que tu n'as rien compris à la gestion de projet, me dit-il. Tu n'as rien compris à notre projet, à notre mission.

— Non, non, j'insiste. Je ne comprends rien à ce qui se passe ici-bas. C'est le bordel, l'Afrique ! Le chiard. Le grand cafouillage. Si je ne meurs pas avant, j'y reviendrai.

Je ne le dis pas tout de suite à Nours, mais j'y reviendrai sûrement. Pour comprendre avant tout. En tout cas essayer. Ou pour aider, peut-être, dans le cadre d'un nouveau projet. J'entends encore souvent Kombolwe me raconter son histoire de pêche. Ses prières. Je revois en rêve Precious, son village. Je revis la terrible attente de la pluie avec l'ami Mbusi.

Dans les mauvais rêves, il y aussi un petit bout de femme qui marche vers son destin dans l'aube. Une pirogue qui glisse sur le Chambèze, avec Igal, le capitaine au petit bras, qui disparaît dans l'ombre, avec ses histoires du Zimbabwe antique.

La waitress arrive avec la dernière tournée. Elle dépose les Zambezi sur la patinoire à mouches. Nours paye la note avec des billets aux couleurs d'automne. Nous buvons notre ultime bière en silence, en regardant les clients des tables aux alentours.

Le soleil se couche. Encore une nuit à passer dans la climatisation de cet hôtel à putes, à choper la grippe, à subir les piqûres de puces voraces et à cracher nos poumons.

Ç'a été notre dernière nuit en Afrique. Nours est rentré chez lui à Trois-Rivières.

Et moi à Montréal.

On ne se voit plus. Il s'est trouvé une autre Précieuse. En Mauricie. Et moi, en attendant de repartir, je refais le parcours du combattant. La dérive.

Avec toi.

REMERCIEMENTS

Merci à tous ceux qui m'ont soutenu, en particulier :

Jacques Allard, Stéphane Aquin,
Anne et Laurent Demierre, Penelope Haccius,
J., Jean-Pierre Paillard, Michel Proulx,
Anu Mariit Simard et Marc Séguin.
Photo: Ron Ridgely

Table des matières

am*É*rica

Inspirée du mot « america », qui en langue amérindienne (maya) veut dire « pays du vent », la nouvelle collection littéraire de la maison Hurtubise HMH se définit comme l'espace du rêve et du changement.

Consacrée à l'écriture française d'Amérique, **amÉrica** proposera au grand public des fictions et des essais.

Premiers titres publiés :
La Route de Bulawayo de Philippe Aquin
São Paulo ou la mort qui rit de Raphaël Korn-Adler

À paraître à l'automne 2002

Mémoires du chien, roman de Johanne Villeneuve

La Danseuse, roman de Maryse Latendresse

Cap-au-Renard, roman de Louise Portal

Transcontinental
IMPRESSION
IMPRIMERIE GAGNÉ

IMPRIMÉ AU CANADA